JURÁSICO TOTAL

Papel certificado por el Forest Stewardship Council®

Primera edición: abril de 2018

© 2018, Sara Cano y Francesc Gascó
© 2018, Penguin Random House Grupo Editorial, S. A. U.
Travessera de Gràcia, 47-49. 08021 Barcelona
© 2018, Nacho Subirats, por las ilustraciones

Printed in Spain – Impreso en España

ISBN: 978-84-204-8723-6
Depósito legal: B-2.999-2018

Maquetación: Javier Barbado
Impreso en Cayfosa (Barcelona)

AL 87236

Penguin
Random House
Grupo Editorial

FRANCESC GASCÓ

SARA CANO

JURÁSICO TOTAL

PERDIDOS SIN WIFI

ILUSTRADO POR

NACHO SUBIRATS

Alfaguara

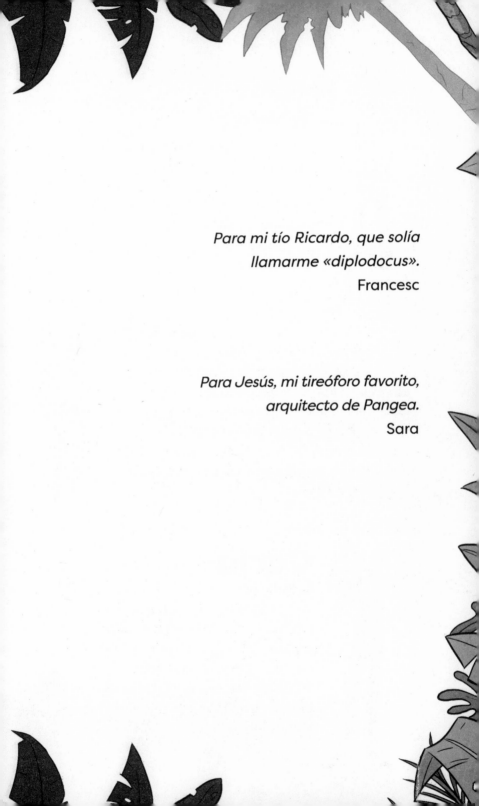

*Para mi tío Ricardo, que solía
llamarme «diplodocus».*
Francesc

*Para Jesús, mi tireóforo favorito,
arquitecto de Pangea.*
Sara

Elena

Es un torbellino de energía. Segura de sí misma, deportista, valiente e independiente. Elena manda siempre, gana siempre y nadie se mete nunca con ella. Todo lo contrario que su hermano mellizo Lucas, al que siempre tiene que estar vigilando y protegiendo. ¡Ojalá espabilara un poco!

Lucas

Si hay una explosión, ruidos o cachitos de cosas volando, seguro que es culpa suya. Lucas es un inventor nato, aunque no todas sus ideas funcionen a la primera. A veces se meten con él, pero no le importa. Sabe que no siempre ganan los más fuertes, sino los más listos. ¡Ojalá su hermana Elena le dejara un poco más a su aire!

Carla

Es la delegada de clase y una alumna modelo. Inteligente y popular, es la preferida de los profes. Todo el mundo quiere ser como ella y por eso se siente un poco por encima de los demás. Le encantaría volar, pisar el suelo es tan... inferior... Adora estar siempre perfecta y detesta el campo con todas sus fuerzas. ¡Y los bichos y los animales más!

JURÁSICO TOTAL

Leo

Tímido y reservado, los dinosaurios son lo que más le gusta del mundo. Ellos no pueden defraudarle ni desaparecer, como han hecho tantas personas de su vida; ya lo hicieron hace millones de años. Aunque quizá en el Colegio Iris las cosas cambien... y Leo consiga hacer amigos de verdad.

 ## Dani

Un día se despertó, y su cuerpo le quedaba grande. Su tamaño le hace chocarse con todo y causar un montón de accidentes, casi tantos como su mejor amigo, Lucas. Tiene una paciencia infinita, siempre piensa en todo, es pacífico y le encanta la naturaleza. De esos chicos que nunca se meten en un lío... A no ser que no les quede más remedio.

LA HUIDA

Llovía sin parar, y el bosque estaba tan oscuro que casi no veía dónde pisaba. Miró hacia el cielo. No vio la luna ni las estrellas, solo las copas de unos árboles que parecían pinos, pero no lo eran. Las ramas estaban demasiado altas, los troncos eran demasiado anchos. Eran araucarias. Lo sabía porque llevaba toda la vida estudiándolas, aunque nunca había visto unas tan grandes. Era una pena que no pudiera pararse a examinarlas.

Tenía que huir.

Llevaba kilómetros corriendo y estaba agotada. Corría, paraba para respirar y seguía corriendo. Se tropezó con un helecho gigante y cayó rodando al barro. Dolorida, se tocó para comprobar si tenía alguna herida. Si quería salir viva de allí, más le valía no dejar rastros de sangre. Ellos la olerían, la encontrarían.

La matarían.

Se puso de pie. El tobillo le dolía una barbaridad, pero no dejó de correr. Los helechos y la cola de caballo le azotaban los muslos como látigos. La jungla estaba en silencio, solo oía los latidos de su corazón retumbándole en los oídos. Escuchó un crujido a su espalda. Muy suave, demasiado cerca.

Eran ellos.

No podía más. Cada vez que apoyaba el tobillo herido se hacía daño, pero no se detuvo. *Aguanta*, se dijo. *No pares.* Una rama le golpeó en la frente. Gritó de dolor y se frotó con el pañuelo que llevaba atado a la muñeca. Tenía la cara mojada de algo que olía salado y metálico. Sintió un escalofrío.

Sangre.

Entonces los helechos se agitaron, y oyó unos pasos rápidos que corrían tras ella. La habían encontrado.

Aceleró, desesperada. De pronto, el bosque terminó y se encontró al borde de un barranco. Paró en seco, miró hacia la jungla que tenía debajo y se dio

cuenta de que estaba perdida. No quería verlos acercarse, así que clavó la vista al frente y, entonces, la vio.

Una luz.

Una esperanza.

Era un suicidio, pero quedarse quieta también lo era. **Cogió aire y corrió hacia el precipicio. Justo cuando acababa de saltar, tres afiladas garras arañaron el aire detrás de ella, rozándole la nuca.** Aterrizó sobre la copa de un árbol, cayó al suelo y rodó pendiente abajo. Cuando se detuvo, le dolía todo el cuerpo, pero estaba viva.

Se levantó y cojeó hacia una pirámide de piedra medio derrumbada y comida por la vegetación. Aquella extraña luz salía de la parte más alta. Escaló los tres pisos con las pocas fuerzas que le quedaban y llegó a un pequeño templo. Ya no podía mover el tobillo, así que tuvo que arrastrarse por el suelo hasta la entrada. Miró a su alrededor y buscó un lugar donde esconderse, pero no lo encontró.

Era una ratonera sin salida.

La sala estaba vacía salvo por seis tótems de piedra. Uno de ellos brillaba con una intensa luz. La luz latía como si estuviera llamándola. Se acercó a la estatua, se hizo una bola y se quedó quieta. Muy quieta.

—¡La hembra losss ha robado! —siseó una voz, al pie de la pirámide—. ¿Dónde essstá?

Ella se apretó aún más contra el tótem y se tapó la herida con la mano. Por un momento, le pareció que la luz a su alrededor se volvía más brillante.

—He perdido el rassstro —rugió otra voz animal, olfateando.

—¡Imposssible! —protestó la primera, furiosa—. ¡Bussscadla! ¡Traédmela!

Ella cerró los ojos y esperó lo peor.

Pero lo peor no pasó.

Tuvo que arrastrarse de nuevo afuera, y asomarse al borde de la pirámide para creer que de verdad se habían marchado. Estaba a salvo, aunque no sabía durante cuánto tiempo. Se volvió para mirar la estatua luminosa. Ahora parecía brillar menos. ¿Se lo habría imaginado? Daba igual, no era momento de pensar en ello. Tenía que moverse.

Sacó su navaja de la mochila, cortó un par de ramas y las envolvió con el pañuelo alrededor del tobillo herido. Después se puso en pie, volvió a acercarse al templo y raspó la piedra de la puerta con ansia.

Dejaría un mensaje. Para que supieran que estaba viva.

Quizá alguien fuera a buscarla.

Nunca debí venir a este lugar, pensó mientras se adentraba de nuevo en la noche, en la jungla. *Lo siento, Leo.*

Capítulo I

EL CHICO NUEVO

Leo había olvidado cuántas estrellas había en el cielo. Cuando hacía bueno, solía salir a contarlas con sus padres. Juntos, jugaban a buscar dibujos escondidos en aquel manto de puntitos brillantes. Eso fue antes de que lo dejaran solo y tuviera que irse con la tía Penélope a la ciudad, donde el cielo era gris y oscuro. Leo dejó de buscar misterios en las alturas, pero su tía le enseñó a desenterrarlos del suelo. Ahora, delante del que iba a ser el tercer hogar de su vida, volvió a pensar que las estrellas eran preciosas.

El taxi que lo había llevado hasta allí dio media vuelta y se marchó. Leo levantó el llamador y golpeó tres veces. Había dos edificios: uno más alto y alargado y otro más ancho, ambos terminados en un tejado puntiagudo. Antiguamente eran una central hidroeléctrica, pero los habían convertido en un internado. No era la primera vez que lo visitaba, aunque sí la primera que iba de noche. Y solo. Hasta entonces, siempre le había acompañado su tía Penélope. De noche, solo algunas de las ventanas alargadas estaban encendidas, y la vieja fábrica parecía encantada. Sintió un escalofrío.

La puerta se abrió con un chirrido y al otro lado apareció una silueta conocida.

—Bienvenido, Leo —dijo el hombre.

—Gracias, profesor Arén —susurró Leo.

Osvaldo Arén era alto y delgado. Vestía igual que la última vez que lo había visto: botas de montaña, vaqueros y una camiseta de manga larga. En el pecho tenía el símbolo de Zoic, la sociedad paleontológica en la que trabajaba con su tía Penélope. Hasta ese momento, Leo solo le había visto en excavaciones al aire libre, nunca en sitios cerrados. Le costaba imaginárselo como su profesor..., pero le costaba todavía más imaginárselo como su tutor legal. El profesor Arén era la persona que su tía había elegido para cuidarle si a ella le pasaba algo.

Y sí, le había pasado algo.

—Cuando no estemos en clase, llámame Aldo —pidió mientras le guiaba hacia el edificio más alto—. A Penélope no le gustaría tanta seriedad.

Al escuchar el nombre de su tía, la única familia que le quedaba en el mundo, se le llenaron los ojos de lágrimas.

—Lo siento, Leo —continuó el profesor—. ¿Cuánto tiempo hace que desapareció?

—Dos meses.

Y cinco días, pensó, pero no lo dijo.

—¿Se sabe algo más?

—No —respondió Leo—. Nadie sabe dónde pueden estar ella o sus compañeros. Simplemente han desaparecido, como si se los hubiera tragado la tierra.

—La tierra no se traga a nadie, Leo.

El niño se quedó callado. Sabía que el profesor quería decir que su tía tenía que estar en alguna parte... Pero eso no significaba que estuviera viva. Recorrieron el pasillo en silencio hasta el dormitorio común y el profesor abrió la puerta. No tuvo que enseñarle el resto del colegio, porque Leo ya lo conocía. Lo que nunca habría imaginado era que un día sería su hogar. Tragó saliva. ¿Por qué no podía volver todo a ser como antes?

El profesor le apretó el hombro y se agachó para mirarle a los ojos.

—Leo, tu tía es la mujer más fuerte e inteligente que conozco. Te aseguro que sabe cuidarse. —Sus ojos parecían sinceros—. Volverá contigo.

—Sí, profesor Ar...

—Aldo.

—Aldo —repitió Leo con una sonrisa.

—Sé que esto no es fácil, pero aquí estarás bien. —Aldo se sacó unos papeles del bolsillo y se los ofreció: era el artículo de una revista—. Además, tengo ganas de enseñarte los últimos descubrimientos que hemos hecho en Zoic.

—¿El *Borealopelta markmitchelli*? —leyó Leo, ilusionado—. ¿El fósil de nodosaurio mejor conservado del mundo está aquí?

—No, pero estoy investigando sobre algo... parecido —rio el profesor—. Y, si no recuerdo mal, los tireóforos te gustan mucho.

Los tireóforos eran los dinosaurios preferidos de Leo. Tenían una coraza durísima y púas en el lomo. Lo alucinante era que ni siquiera los dientes o las garras más afilados podían atravesarla. No eran rápidos ni tampoco feroces, pero sí resistentes. A veces, eso era lo más importante para sobrevivir.

Cuando Leo se despidió del profesor Arén (Aldo, le recordó) y entró en el cuarto, deseó llevar puesta una de esas corazas. No estaba acostumbrado a compartir habitación. En realidad, no estaba acostumbrado a compartir nada. Le gustaba estar solo con su tía, sus libros y sus dinosaurios. Una coraza le habría venido genial para protegerse de las miradas que se le clavaban en la nuca como garras y dientes afilados.

Leo hizo como que no oía los susurros de sus compañeros. Cuando encontró una cama vacía, colocó encima su maleta y la abrió. Guardó el artículo y sacó un libro gordísimo. Luego, sin desvestirse, se metió entre las sábanas y se abrazó a él.

Y, llorando en silencio, se quedó dormido.

***

¡UUUAAAUUUAAAUUUHHH!

—¡Lucas, apaga eso! —gruñó alguien.

—¡Eres una pesadilla! —se quejó otro—. ¡Todas las mañanas igual!

—¡Voy, voy! ¡Pensaba que estaba arreglado! —A cuatro patas sobre el colchón, Lucas daba manotazos sobre su mesilla—. ¡Aguanta, Clocky! ¡Voy a buscarte!

Lucas se puso unas gafas más grandes que su cara, se peinó el alborotado pelo rubio y se sentó al borde de la cama. Era tan bajito que las piernas no le llegaban al suelo, pero eso no era problema: saltó como si fuera a tirarse en bomba a una piscina, aterrizó sobre unas zapatillas con ruedas en las suelas y salió disparado por el dormitorio común. Era un espectáculo verlo perseguir su invento, un reloj ambulante que chillaba como un gato al que le hubieran pisado el rabo.

¡PUM!

Cuando ya casi lo tenía, un pie descomunal aplastó el reloj saltarín.

—¡Dani! ¡Pareces una apisonadora! —protestó Lucas. Se agachó para recoger lo que quedaba del pobre Clocky, que tosía como si tuviera asma—. ¡Es la tercera vez que te lo cargas este mes!

El dueño de aquel pie se apartó torpemente. Era altísimo y se movía muy despacio, como si su cuerpo pesara toneladas. Su vozarrón retumbó en todo el dormitorio:

—Ha sido sin querer...

Los demás no parecían preocupados por el despertador; más bien parecían aliviados por que hubiese dejado de sonar. El único que estaba enfadado era Lucas. Volvió rodando a su cama con el cadáver de su invento en las manos, lo escondió bajo el colchón y empezó a desvestirse.

El enfado le duró poco.

—Oye —le susurró a Dani—, ¿quién es ese?

—Ni idea.

Aunque Dani también susurraba, su voz parecía un trueno. El chico nuevo se dio cuenta de que hablaban de él y se puso en movimiento. Lucas contó los segundos que tardó en salir de la cama, vestirse y escapar de la habitación como si le persiguiera el demonio: diecinueve en total.

Aquel chico era un prodigio, además de un misterio.

Y a Lucas le gustaban casi tanto los prodigios como los misterios.

—¡Rápido! —le dijo a Dani, tirándole de los pantalones del pijama—. ¡Tenemos que descubrir quién es!

El concepto de rapidez de Dani era muy relativo. Aunque él creía que se estaba dando mucha prisa, iba a la velocidad natural de un perezoso artrítico. Cuando los dos amigos llegaron al comedor (mil quinientos cuarenta y siete segundos después), casi todo el mundo había terminado ya de desayunar.

Solo quedaba gente en la mesa de Carla, la estilosa y arrogante delegada de curso. Como le encantaba llamar la atención, siempre hacía tiempo con sus amigas para entrar en clase la última. Lucas intentó disimular que se había puesto rojo al verla agitar su melena castaña y miró a su alrededor.

—Jolín, Dani, eres más lento que el wifi del aula de informática —se quejó—. ¡Se ha ido! Vamos a ver si le pillamos en el pasillo.

—¡Pero tengo hambre! —lloriqueó el gigante—. Espera a que coja algo de comer...

Dani se tambaleó hacia el mostrador de desayunos, y pasó con cuidado entre las mesas. Parecía que en vez de baldosas estuviera pisando lava . Su brazo se movió como una bola de demolición sobre la mesa de las chicas. Lucas abrió mucho los ojos cuando se dio cuenta de lo que iba a ocurrir, y los cerró cuando su amigo derribó una jarra de zumo, dos de leche y tres tarrinas de mermelada que se estrellaron contra el jersey de Carla.

—¡Pero tú estás tonto o qué te pasa! —se quejó la delegada, subiéndose de un salto al banco para alejarse del desastre.

Lucas pensó que parecía un hada voladora, pero enseguida dejó de prestarle atención porque había visto al chico nuevo. Estaba escondido detrás de una columna, con un libro abierto sobre la mesa.

Justo entonces sonó el timbre del comienzo de clases. Lucas miró a Dani, y después al chico nuevo. Dani intentaba recoger el desastre que había armado. El nuevo había cerrado su libro y estaba saliendo de la cafetería. Calculó los segundos que tardaría cada uno en terminar lo que estaba haciendo, y no tuvo que pensárselo mucho.

—¡Dani, nos vemos en clase! —se despidió.

Activó las ruedecitas que llevaba en los zapatos. Comprobó que funcionaban (la última vez que había intentado usarlas, se había quemado las suelas) y rodó a toda velocidad detrás del nuevo. Tardó doce segundos en alcanzarle.

Y ninguno en frenar.

—¡Error de cálculo! —gritó cuando se dio cuenta de que sus zapatillas no respondían—. ¡Cuidado!

A pesar de su supervelocidad, el nuevo no consiguió apartarse a tiempo. Lucas se estrelló contra él, y los dos rodaron por el pasillo. No era la presentación que tenía planeada, pero la vida del inventor estaba llena de accidentes, y Lucas había aprendido a improvisar sobre la marcha.

—Lucas G. —se presentó, sacudiéndole la mano con fuerza—. Bienvenido al Colegio Iris. *Iris germánica* es el nombre científico de la flor de lis, ¿sabes? —Lucas señaló el escudo del colegio que había en una pared—. Creo que se lo han puesto por los lirios que hay cerca del río. A mí me habría parecido más guay Colegio Chispas, por la central hidroeléctrica. Pero bueno, es lo que hay. ¿Tú cómo te llamas?

—¿Yo? —titubeó el nuevo—. L-Leo.

—¡Leonardo! —se emocionó Lucas—. ¡Como mi inventor favorito!

Leo se quedó callado. Lucas no sabía si era tímido o si no sabía a quién se refería.

—¿Da Vinci? —insistió.

—Ah... —murmuró Leo.

—Bueno, igual es que no te gustan los inventores... —reflexionó Lucas—. ¿Qué cosas te gustan? —Extendió la mano hacia el enorme libro que llevaba en las manos. Él intentó apartarse, pero Lucas no pilló la indirecta—. ¿Te gustan los dinosaurios? ¡Pues este cole te va a encantar! Hay una excavación paleontológica justo al lado en la que...

—¡... muy pronto va a haber un fósil de *Lucas Pano-lis*! —terminó una voz.

Todo se oscureció de repente. Leo se puso pálido, se abrazó a su libro y se marchó corriendo. Cuando Lucas se dio media vuelta, descubrió que detrás de él había tres chicos altos y musculosos. El de en medio, el líder, tenía una sombra de bigote bajo la nariz. Les hizo una seña a los otros dos, que cogieron a Lucas de los brazos y las piernas.

—¡Gabi, otra vez no! —se revolvió Lucas—. ¡No he hecho nada!

—Para empezar, existes —rio el matón, abriendo la puerta de una taquilla—. Además, estoy harto de que ese despertador con patas nos deje sordos todas las mañanas.

—Clocky no tiene patas, tiene ruedas —puntualizó Lucas, agarrándose con todas sus fuerzas al borde de la taquilla.

—Tu amigo el elefante no está para protegerte, enano. Si te resistes, será peor. —Gabi sonrió con malicia—. Pero, si te portas bien, esta vez prometo no romperte las gafas.

Lucas aflojó los dedos, esperanzado.

—¿De verdad?

—No.

¡CRUNCH!

El puñetazo le pilló desprevenido. Los gorilas de Gabi lo empotraron contra el fondo de la taquilla, tiraron dentro sus gafas rotas y empezaron a cerrar la puerta entre risas. Justo antes de quedarse a oscuras, Lucas escuchó un rugido animal y un ruido de cosas que caían y chocaban entre sí. Unos dedos aparecieron por la rendija de la puerta. Tenían las uñas mordidas, estaban llenos de heridas y padrastros, y el índice tenía un lunar con forma de corazón, igual que el de...

—¡Elena! —escuchó gritar a Gabi—. ¡Suéltame!

—¿O qué? —bufó la hermana de Lucas.

Lucas no vio lo que pasó fuera de la taquilla pero, ciento setenta y cinco segundos más tarde, Elena lo sacó al pasillo de un tirón. Estaban solos.

—Te han vuelto a romper las gafas —dijo ella, con desprecio—. Parece mentira que seamos mellizos.

Lucas sabía que no lo decía porque le sacara veinte centímetros. Ni porque él fuera rubio y ella morena. No. Lo decía porque a ella nadie la amenazaba. Nadie le rompía las cosas. Nada le daba miedo. Ella era quien daba miedo, incluso a aquellos tres idiotas.

La que siempre le defendía.

—Prometieron que no... —respondió, rojo de rabia y vergüenza.

—El problema de los abusones, hermanito, es que no puedes fiarte de su palabra.

—Se meten conmigo porque creen que soy débil. Y tú no me dejas demostrar que eso no es verdad.

—Ya, claro.

Elena cerró la taquilla de un portazo. Le dio la espalda, enfadada, y echó a andar por el pasillo. Lucas se peinó el flequillo con los dedos, arregló las gafas con un poco de celo que siempre llevaba en su cinturón y puso en marcha las ruedas de sus zapatillas. No tardó en adelantar a su hermana, que se picó y empezó a trotar junto a él. Los mellizos entraron en clase a la vez, dándose codazos para pasar por la puerta. Como siempre, se sentaron cada uno en una punta, lo más lejos posible el uno del otro.

Justo después llegó Carla. Iba cuchicheando con un grupito de chicas peinadas igual que ella. A Lucas le pareció escuchar «taquilla» y «enano» entre sus risitas. Luego oyó «libro» y «rarito», y vio que señalaban al fondo de la clase. Allí estaba el chico nuevo, Leo, en el lugar más apartado que había podido encontrar. Tenía pinta de querer volverse invisible.

Lucas pensó en acercarse a hablar con él, pero entonces entró el profesor. Y, justo detrás, Dani. El gigante intentó disimular que llegaba tarde, pero de camino a su mesa arrolló una silla y descolgó las chaquetas de todos los percheros. Se embutió en el pupitre vacío junto a Lucas y le dedicó una sonrisa culpable.

El profesor puso los ojos en blanco.

—Carla, ¿puedes recordarme dónde nos habíamos quedado? —preguntó.

—Página 47, profesor —respondió la delegada.

—«Página 47, profesor...» —la imitó Elena, con retintín.

—Tú también lo sabrías si leyeras un poco en lugar de estar todo el día dándole patadas a un melón —respondió Carla, agitando su melena.

—El rugby es fuerza y estrategia —se encaró Elena—. Igual te molesta que no sea para flojuchas que lloran en cuanto se les rompe una uña.

—¡Ya basta! —les riñó el profesor—. Carla, lee el enunciado de la página 47, por favor.

—Creo que se olvida de algo...

El profesor arrugó la frente. Carla solía pasarse de lista con sus compañeros, pero nunca con los profesores. Miró hacia donde señalaba la delegada, al alumno nuevo que escondía la cabeza en la última fila.

—¡Casi se me olvida! Muchas gracias, Carla —dijo. Carla miró a Elena, satisfecha—. Leo, ¿verdad? ¿Te importaría venir y presentarte a tus compañeros?

Lucas vio que a Leo se le ponía la cara verde y tuvo ganas de darle un abrazo.

Aquel chico era un prodigio y un misterio.

Y Lucas sabía muy bien que, en el Colegio Iris, eso no resultaba nada fácil.

Capítulo 2

LOS NIÑOS PERDIDOS

Elena no daba una. Durante el primer tiempo del partido había conseguido estar más o menos atenta, pero el segundo estaba siendo un desastre. No dejaba de mirar hacia el público. ¿Cómo se llamaba el nuevo? ¿Teo? ¿Leo? ¿Por qué no seguía el partido en lugar de leer ese libro del que no se separaba nunca? ¿Por qué no animaba? La ponía nerviosa. No podía seguir así. En el rugby, la concentración era fundamental para ganar.

Y a ella le encantaba ganar.

—¡Espabila, Elena! ¡Nos están machacando!

El número 9 del equipo, el encargado de meter los balones en la melé, pasó corriendo a su lado con el óvalo de cuero bajo el brazo. Elena sacudió la cabeza e ignoró al nuevo, decidida a recuperar el control del partido. Era el número 10, la estratega del equipo. Sus compañeros la respetaban porque sabía dirigirlos, porque sabía tomar las decisiones correctas.

Porque, cuando todo iba mal, podían confiar en ella.

—¡Jugada tres! —les indicó a los números 6, 7 y 8, en la tercera línea—. ¡Necesitamos un pasillo por banda izquierda!

Elena corría, daba órdenes y hacía placajes sin esfuerzo. Era fuerte, rápida y no le asustaba hacerse daño. El rugby estaba hecho para ella. Lo supo en cuanto vio su primer partido. El Colegio Iris no tenía equipo femenino, pero ella insistió tanto que el entrenador le dejó jugar con los chicos. Seguramente pensó que no duraría mucho, que se daría cuenta de que era un deporte demasiado agresivo para una chica. Pero Elena le demostró que estaba equivocado. En menos de un mes, era la capitana del equipo. Y, desde que llevaba el número 10 en la camiseta, no habían perdido ni un partido.

Hasta ahora.

—¡Solo necesitamos marcar otro *drop* para ganar! —animó. Y, clavando la mirada en el gigantón de la segunda línea, gritó—: ¡Dani! ¡Abre paso!

Dani, el número 4, era su mejor defensa. Ocupaba más espacio que nadie y empujaba como un toro. Elena sabía por experiencia que era muy difícil esquivarle... Pero la rapidez no era su fuerte.

—¿Me has oído? ¡Empuja o quítate de en medio!

Dani la había oído, pero tenía la velocidad de un caracol. Y ella, que corría como un guepardo, tampoco consiguió desviarse a tiempo. Elena chocó contra su espalda y cayó de culo al suelo. Detrás de ella se estamparon también el número 9, el 8 y el 7.

Cuando el 6 cayó a su lado, el árbitro pitó el final del partido.

Habían perdido.

—¿Estás sordo? —Elena aporreó el número 4 de aquella camiseta que pedía a gritos una talla más grande—. ¡Tenías que despejar el camino! ¡Podríamos haber ganado!

—Lo siento, no me ha dado tiempo... —se disculpó Dani.

Nervioso y agobiado, el gigante agitó las manos como si fueran látigos. Los demás se apartaron inmediatamente, pero Elena levantó la barbilla y se quedó quieta en el sitio. Parecía estar buscando una excusa para enfrentarse a él.

—Tranqui, Elena —dijo el número 9—. Solo es un partido.

—Sí —coincidió el número 6—. Y tampoco es que tú hayas estado muy atenta.

Elena perdió los papeles.

—¡Claro! ¡Hemos perdido por mi culpa, y no porque este inútil sea hijo de un elefante y una tortuga!

Se dio la vuelta, pateó con furia el balón y se dirigió hacia los vestuarios. Antes de entrar, no pudo evitar dirigir una mirada rabiosa hacia las gradas.

Leo levantó la cabeza. No sabía por qué la capitana del equipo le miraba así. Le daba mucho miedo, siempre parecía enfadada. Decidió que sería mejor no acercarse a ella. Intentó volver a concentrarse en su libro pero, de repente, un fuerte ruido metálico lo sobresaltó.

—¡Socorro! —gritó el cubo de basura que pasó rodando a su lado.

—Pero ¿qué...?

Leo miró hacia atrás y vio a Gabi, que sonreía bajo su ridículo bigote. El abusón se sacudió las manos, satisfecho, y se alejó. Leo soltó su libro, corrió cuesta abajo tras el cubo y consiguió frenarlo justo antes de que chocara contra la caseta del banquillo.

La tapa se abrió y Lucas salió del interior con una torpe voltereta. Se levantó lo más deprisa que pudo, y volvió a caer de culo. Se sentía como si tuviera piernas

de chicle. Y también como si acabara de salir de una lavadora. Cuando la cabeza dejó de darle vueltas, le tendió una mano a Leo.

—Lu-Lucas G., inventor —balbució.

—Ya nos conocemos —respondió Leo.

Lucas se ajustó las gafas. Tenía la montura torcida y un vidrio agrietado. Cuando reconoció a Leo, se le pusieron los ojos enormes, como ampliados por dos lupas.

—¡Eres tú! —Parecía contentísimo de verle. Si no fuera por la cáscara de mandarina que le colgaba del flequillo, nadie habría dicho que acababa de salir de la basura—. Llevo toda la semana intentando darte esto, pero siempre te me escapas. —Rebuscó en su bolsillo y sacó una especie de pinza con una bombilla—. Es una lámpara de lectura solar: la recargas de día, y la usas de noche. La he hecho yo. He visto que por las noches te escondes debajo de las sábanas para leer, y he pensado que igual te venía bien.

—Gra-gracias... —titubeó Leo.

—¿Eso es lo que hacías durante el partido? ¿Leer tu libro de dinosaurios?

Leo no sabía qué decir. No le hacía falta leer el libro porque se lo sabía de memoria. **En realidad, estaba mirando la dedicatoria que su tía Penélope había escrito en la primera página: «Conoce tu pasado para entender tu futuro. No lo olvides nunca, Leo».** Leo la había repasado hasta casi borrarla. A veces pensaba que escondía alguna pista sobre su desaparición. Otras, simplemente, le hacía sentirse menos solo.

—No es un libro —explicó, recogiéndolo de la grada—. Es el cuaderno de campo de mi tía Penélope. Aquí tomaba notas sobre las especies de dinosaurios que investigaba en Zoic.

—¿Zoic? —preguntó Lucas, muy interesado. Su cerebro se desató y empezó a disparar preguntas—: ¿Tu tía es paleontóloga, como el profesor Arén? ¿Están casados? ¿El profesor de Cono es tu tío?

—Sí, no... —Leo no sabía qué responder primero—. O sea, sí, mi tía es paleontóloga, pero el profesor Arén no es su marido. Era su compañero, y ahora es mi tutor.

Lucas puso cara de tener muchas más preguntas. Leo miró la lamparita que acababa de regalarle y sintió que le debía una explicación.

—Mis padres murieron hace años en un accidente. He vivido con mi tía desde entonces —suspiró—. Mi tía fue a supervisar una excavación de Zoic en la selva, pero su equipo y ella desaparecieron hace dos meses. —*Y doce días,* pensó Leo, pero no lo dijo—. Nadie sabe qué ha ocurrido. Mi tía y el profesor Arén eran muy amigos, por eso ahora estoy aquí.

—Vaya, lo siento —dijo Lucas—. Si te consuela, no eres el único que tiene un guardián que no ha elegido.

Lucas señaló con la cabeza hacia lo lejos, hacia su hermana. Elena, ya vestida y cargando al hombro con una bolsa de deporte, caminaba hacia el colegio a grandes zancadas. Miró a su hermano mellizo, hizo dos círculos con el índice y el pulgar de cada mano y se los llevó a los ojos, imitando unas gafas.

—¡Solo me las he roto un poco! —respondió él, a gritos. Luego sonrió a Leo—. Seguro que pronto encuentras tu sitio. Aquí casi todos somos niños perdidos, ¿sabes?

Leo también sonrió.

—Ay, qué bonito —dijo irónicamente una voz a su espalda—. Espera, que saco el pañuelo para secarme la lagrimita.

Carla estaba allí, tan alta, castaña y estupenda como siempre. No la habían oído llegar, pero estaba claro que ella sí había escuchado su conversación.

—Enano —saludó a Lucas, que se sonrojó hasta el flequillo. Luego se dirigió a Leo—: Siento estropearte el momento, rarito, pero tu «guardián» quiere verte. Vamos.

Antes de seguir a la delegada gradas abajo, Leo se volvió hacia Lucas.

—Gracias por la linterna —dijo, apretándole la mano—. Nos vemos.

El pequeño inventor sonrió como si acabaran de darle la mayor alegría de su vida.

Leo y Carla cruzaron el campo de rugby en silencio y rodearon los dos edificios del colegio. En cuanto se adentraron en el bosque, Carla empezó a andar muy raro, como si el suelo le quemara los pies.

—¡Puaj! ¡Se me han manchado las zapatillas! —se quejó, sacando el pie de un charco—. Si no me lo hubiera pedido el profesor Arén, ni muerta te acompaño al centro de investigación. Ojalá tuviera alas para poder volar sobre toda esta porquería.

Lo que Carla llamaba porquería era un bonito bosquecillo de ciruelos rojos. Al fondo había un edificio que parecía una nave espacial: una cúpula de color blanco y plateado con enormes ventanales. Sobre la puerta, ponía «Zoic», y el logo de la sociedad paleontológica: los tres dedos de la huella de un terópodo dentro del círculo de la O de su nombre.

La excavación estaba justo delante del edificio. Era una explanada llena de montones de tierra y protegida con verjas. Por todas partes había andamios y cuadrículas marcadas con gomas, hilos y clavos. En aquel momento, Leo se sintió en casa. Allí todo le resultaba familiar.

Bueno, no todo.

Se acercó más a las lonas de protección, y vio estelas y estatuas con formas humanas. Otras esculturas parecían representar animales extintos. Leo no había visto nada así en las excavaciones de su tía, porque del estudio de las ruinas humanas se ocupaba la arqueología, no la paleontología.

Estaba tan alucinado que no se enteró de que Carla le decía algo.

—¿Además de rarito eres sordo? —insistió ella.

—Perdona, es que estaba pensando...

—Le has dicho a Lucas que el profesor Arén es tu tutor. —De repente, Carla parecía distinta. No había usado su típico tono despectivo. En lugar de eso, le miraba con lástima—. Entonces, ¿no tienes padres?

Leo se encogió, a la defensiva.

Odiaba dar pena.

El profesor Arén apareció para salvarle. Se asomó a la puerta semicircular del centro y les saludó con la mano. Carla le devolvió el gesto con una sonrisa falsa.

—Rarito, sordo y mudo, menuda joya —comentó por lo bajo—. Bueno, aquí te quedas. Yo ya he cumplido. Pásalo bien chapoteando en el barro, entre cosas rotas y bichos muertos.

Leo estaba tan alucinado con aquel lugar que ni siquiera le prestó atención.

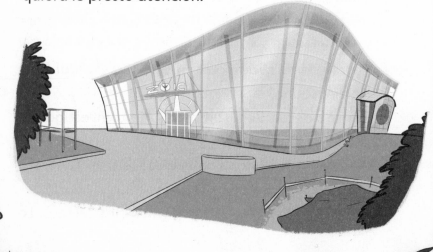

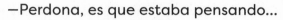

Mientras Carla volvía al bosque, protestando y pisando el suelo con asco, él entró en el edificio.

—¡Leo! —lo recibió—. Llevo toda la semana queriendo enseñarte las instalaciones, pero hasta ahora no he tenido tiempo de...

—No pasa nada —dijo el niño, fascinado—. ¿Qué es eso?

Señaló unos pequeños robots que transportaban restos de aquí para allá. Eran como bandejas con patas. Nunca había visto nada parecido.

—Mis pequeños ayudantes. Son obedientes, eficientes y, sobre todo, no se quejan nunca —le guiñó un ojo—. Los diseñé para que me ayudasen en la excavación, y Zoic me proporcionó los medios para construirlos.

El profesor Arén sonrió y le guio por el edificio hasta una sala llena de extrañas torres metálicas de unos dos metros de alto. También eran robots, pero no se movían. Estaban ocupadas escaneando una estatua medio derrumbada que parecía representar...

¿Un dinosaurio?

—No sabía que Zoic también hiciera investigaciones arqueológicas.

—No las hace. —El tono del profesor era misterioso—. Estos no son restos arqueológicos normales, Leo. Si Penélope no te dijo nada es porque es alto secreto. Lo

que te cuente hoy aquí tiene que quedar entre nosotros, ¿lo prometes?

Leo asintió con la cabeza.

—Pero, no puede ser... —balbució—. Los dinosaurios desaparecieron hace sesenta y cinco millones de años. Los primeros humanos no se pusieron de pie hasta hace cuatro. ¡Y, desde luego, no sabían hacer estatuas!

—Veo que te sabes la lección —sonrió Aldo—. Recientemente, Zoic ha detectado rastros de energía extraños en algunos de sus yacimientos. Al excavar en ellos, hemos encontrado pinturas y esculturas de las mismas criaturas cuyos esqueletos hemos desenterrado.

El profesor toqueteó los botones de una de las torres robóticas. Un holograma les mostró una escena pintada en roca: un grupo de figuras humanas perseguía a un saurópodo. Debajo, había unos símbolos extraños, parecidos a runas, en un alfabeto que Leo no identificó.

—¿Eso es un apatosaurio?

—Es muy esquemático, también podría ser un diplodoco —respondió el profesor, como si hablar de aquello no fuera rarísimo.

Además de imposible.

—¡Pero si los humanos y los dinosaurios nunca convivieron! —murmuró Leo, intentando comprender—. ¿Cómo...?

—Eso es lo que intentamos averiguar —dijo el profesor—. Tenemos varias ideas, cada cual más loca que la anterior. Este descubrimiento podría revolucionar lo que sabemos sobre la historia del planeta. Y de la humanidad.

—¿En esto trabajaba mi tía cuando desapareció?

—Sí —reconoció el profesor.

—¿Por eso no quiso llevarme a su última excavación? ¿Porque era peligroso?

—Leo, ¿crees que yo te habría traído aquí si pensara que es peligroso? —le tranquilizó el profesor, mirándole a los ojos—. Tu tía solo quería mantener el secreto. ¿Te imaginas lo que pensaría la gente si se enterara de esto? Te lo he contado porque, para poder cuidar de ti, necesito que seamos amigos. Y los amigos siempre se cuentan la verdad, ¿entiendes? Además, he pensado que podrías ayudarme. Mis ayudantes son obedientes, pero no muy listos —añadió, dándole una palmadita a la torre robótica—. ¿Qué me dices? ¿Te gustaría?

Nada le habría gustado más. Por primera vez en dos meses (y doce días), Leo se olvidó de la tristeza que lo acompañaba a todas partes.

Y su corazón se llenó de ilusión.

Capítulo 3

UN REGALO INESPERADO

El dormitorio común estaba lleno de humo. El colchón de Dani chirrió cuando se dio media vuelta en la cama, arrugó la frente y olfateó el aire buscando el origen de aquel olor a quemado.

—Tostadas... —murmuró en sueños—. *Mmm,* qué ricas...

—¿Tostadas? —Lucas se levantó de un salto—. ¡Dani, despierta, que el que se está tostando eres tú!

El gigante entrecerró los párpados, sin entender. De repente, abrió muchísimo los ojos y puso cara de dolor. Cuando apartó la sábana, vio que los patucos eléctricos que Lucas le había regalado ya no eran de color azul, sino rojo.

Rojo fuego.

—¡Uf, uf! —gritó, agitando los pies—. ¡Quema, quema!

Lucas saltó de la cama, desenchufó su invento y echó un vaso de agua sobre los pies humeantes de su amigo.

—¡Creía que ya termorregulaban bien! —se disculpó.

—¿Estabas probando los calcetines conmigo?

La voz de enfado de Dani retumbó en todo el dormitorio.

—¿Queréis callaros ya? —gruñó alguien.

—¡Sois una pesadilla! —gritó otro—. ¡Todas las mañanas igual!

Los chicos empezaron a levantarse. Algunos se quejaban en voz baja. Otros en voz alta. Uno sonreía con malicia bajo la sombra de su bigote. La mayoría miraba de reojo a Lucas. Todos tenían una opinión sobre él, y ninguna parecía buena.

Todos, menos uno.

—Leo, ¿tú también estás enfadado? —le preguntó Lucas al bulto escondido bajo las mantas—. Ha sido sin querer. Los pies de Dani deben de calentarse más de lo normal por la noche...

—¡Mis pies funcionan perfectamente, gracias! —intervino Dani, poniéndose una tirita en la ampolla del dedo gordo—. Al menos hasta que me los han achicharrado tus calcetines.

Leo estaba despierto, pero no dijo nada. Les dio la espalda y se encogió en el colchón. Aquel día no estaba de humor para los problemas de sus compañeros.

Con los suyos tenía suficiente.

Lucas y Dani decidieron dejarle en paz y fueron a la cafetería. Cuando el dormitorio quedó en silencio, Leo sacó un brazo de la cama y cogió el libro de su mesilla. Lo abrió por la primera página y repasó la dedicatoria con el dedo.

«Conoce tu pasado para entender tu futuro. No lo olvides nunca, Leo.»

Habría sido genial poder olvidar su pasado, pero no conseguía hacerlo. Todos los días había al menos un comentario, una imagen en un libro o una autorización para ir de excursión que le recordaba que era huérfano. No necesitaba una fecha, ni una frase, para saber que no tenía padres. Pero el aniversario del accidente siempre llegaba tarde o temprano, y aquel año era mucho peor. Hoy se cumplían ocho años de la muerte de sus padres. Y tres meses desde la desaparición de su tía.

Y se sentía más solo que nunca.

Escondió la cabeza bajo la almohada y se echó a llorar. Entonces, recordó las palabras de su tía Penélope: *Leo, hoy es un día triste, sí, pero también alegre. Tú también podrías haber muerto en el accidente. Pero estás bien, estás conmigo. Y eso es algo que celebrar.* Se lo había dicho hacía justo un año, para animarle a salir de la cama e ir al colegio. Después de clase lo llevó a cenar «falsas costillas de brontosaurio» al T-ReXtaurant, su restaurante favorito.

La tía Penélope no estaba allí para obligarle a salir de la cama, pero Leo sabía que se sentiría decepcionada si no lo hacía. Seguramente, el profesor Arén se lo contaría cuando volviera a buscarle.

Porque la tía Penélope había desaparecido, se recordó.

La tía Penélope no estaba muerta.

Y Leo no estaba solo en el mundo.

Miró el reloj. Si se daba prisa y no desayunaba, aún podía llegar puntual a clase. Apartó las sábanas de un tirón, se levantó y sacó la maleta de debajo de la cama para buscar ropa limpia. Todavía no la había deshecho. No quería sacar sus cosas, porque eso significaría dar por perdida a su tía, rendirse. Mientras revolvía las prendas para encontrar unos pantalones limpios, notó un bulto duro en el fondo de la maleta.

Algo que no debía estar allí.

Extrañado, la vació en el suelo y observó el fondo. Buscaba una cremallera, un bolsillo oculto, pero no lo encontró. Lo único que vio fue una parte cosida en el forro, como si se hubiera roto y alguien lo hubiera arreglado. Tiró con fuerza y, cuando el remiendo se rompió, una bolsita de terciopelo negro, atada con un cordón dorado, cayó al suelo. Tenía estampado el símbolo de Zoic y un nombre que conocía bien.

«Penélope.»

Leo estaba tan nervioso que no conseguía desha-cer el nudo. Cuando por fin la abrió, de la bolsa salieron cinco piezas de piedra.

La primera era curva, afilada y gruesa, y terminaba en algo que recordaba a una cabeza de tiranosaurio.

La segunda era más corta y tenía un extremo menos afilado. La otra punta tenía forma de estrella y de ella sobresalía algo similar a una cabeza de tricerátops.

La tercera era recta, gruesa y lisa, y estaba rematada con la cabeza de algo parecido a un diplodoco.

La cuarta era triangular y la punta parecía tener muchos picos pequeños, como un rastrillo. En la otra punta había una cabeza diminuta que podía ser de estegosaurio.

La quinta era delgada y puntiaguda, y la criatura del extremo tenía alas: un pterodáctilo.

Leo las observó, fascinado. Enseguida se dio cuenta de que las piedras tenían la misma forma que los dientes de diferentes tipos de dinosaurios: terópodos, cerápodos, saurópodos, tireóforos y pterosaurios, en ese orden. Se parecían mucho a las estatuas que estaba ayudando a investigar en el laboratorio. ¿Qué eran aquellas piezas? ¿Por qué su tía las había escondido en su maleta? Seguro que el profesor Arén lo sabía. Y, si no, podrían averiguarlo juntos.

Quedaban diez minutos para que sonara el timbre, pero ahora no podía ir a clase como si nada. Aquello era importante, era un mensaje de su tía. Dejó el libro en la mesilla, se vistió como pudo y cogió la bolsa con las figurillas.

Llevaba los pantalones sin abrochar y los cordones desatados, pero le dio igual. La cabeza le iba a mil por hora. En las semanas que había estado ayudando al profesor Arén había visto cosas muy raras. Casi todas indicaban algo que Leo creía imposible: que en la época de los dinosaurios ya había seres humanos. O que, quizá, algunos dinosaurios habían sobrevivido al meteorito y habían convivido con los primeros humanos... Aquello parecía cosa de magia, y Leo no creía en la magia.

Él creía en la ciencia.

Hasta entonces, estaba seguro de que los paleontólogos de Zoic encontrarían una explicación lógica para todo aquello. Pero, ahora que había visto lo que contenía la bolsita, no sabía qué creer.

Estaba tan concentrado en buscar al profesor Arén que no escuchó los gritos hasta que llegó a la puerta del baño de los chicos. Parecían venir de dentro.

Y eran de Lucas.

—¡Gabi *glugluglú* déjame *glugluglú* en paz *glugluglú*!

Leo empujó la puerta del baño. Gabi y sus matones agarraban a Lucas de las piernas y lo estaban metiendo de cabeza en un retrete.

—¡Si lo hacemos por tu bien! —dijo Gabi mientras Lucas pataleaba—. Así te refrescamos esas ideas tan ingeniosas que tienes para despertarnos todos los días.

Leo sintió un fuerte calor en el pecho. No quería meterse en problemas, pero odiaba a los abusones. Se sintió muy mal el primer día, cuando huyó de ellos y dejó solo a Lucas. Lucas siempre se había portado bien con él. Le había ayudado a sentirse menos solo en aquel sitio.

Ahora tocaba ayudarle a él.

—D-d-dejadle en paz —murmuró, apretando los puños.

—¡Vaya! El huerfanito sabe hablar. —Gabi se giró hacia él, divertido—. ¿Qué vas a hacer? —Le dio un empujón—. ¿Pegarnos con tu libro? —Otro—. ¿Llamar a tu tito el Bobosaurio?

Gabi le escupió en la cara y Leo se puso rojo de furia. No sabía de dónde salía tanta rabia pero, por tercera vez aquella mañana, hizo algo que no había hecho nunca. Cogió toda la rabia, la frustración y el miedo acumulados desde la desaparición de su tía y los concentró en su mano derecha. El puñetazo fue tan fuerte que Gabi retrocedió como si le hubiera golpeado un martillo.

El matón tuvo que apoyarse en la pared para no caerse. Se llevó la mano a la sombra del bigote y los dedos se le mancharon de sangre. Furioso, hizo una seña a los otros dos, que soltaron a Lucas en el váter y fueron a ayudarle. En menos de un segundo, los tres abusones rodearon a Leo.

—Como eres nuevo, igual no sabes cómo funcionan las cosas aquí, así que voy a explicártelo —ladró Gabi.

Los dos mastodontes cogieron a Leo cada uno de un brazo y lo inmovilizaron mientras Gabi se remangaba. Cuando iba a devolverle el puñetazo, Lucas se puso entre los dos, empapado hasta la cintura, pero decidido.

—¡No le hagas daño!

—Quítate de en medio, enano. Por una vez, esto no va contigo.

Gabi intentó apartarlo, pero Lucas lo esquivó y le apoyó una cajita metálica en el brazo. Hubo una chispa azul, y el matón gritó tan fuerte que sus amigos soltaron a Leo para ir a ayudarle.

—Ostras —dijo Lucas, alucinado—, pensaba que mi pistola eléctrica no funcionaría.

—¡Voy a matarte, enano! —rugió Gabi, abriendo y cerrando la mano para reponerse del calambrazo—. ¡Voy a mataros a los dos!

—¿No te vale con una nariz rota, imbécil? ¿También quieres un ojo morado?

Elena estaba en la puerta, tensa como una pantera y con la mirada clavada en Gabi. Durante un segundo, todos se quedaron quietos. Los matones no sabían qué hacer. No contaban con tener que pelear tres contra tres y, sobre todo, no contaban con Elena.

Gabi echó cuentas. Elena valía por dos, pero entre los otros dos no sumaban ni medio, así que todavía podían ganar. Escupió un poco de sangre al suelo y, gritando de rabia, se lanzó contra ella. Aprovechando que estaba ocupada, los otros dos matones se enfrentaron a Lucas y Leo.

El baño se convirtió en un concierto de gritos y golpes. Elena se movía como un tornado, pero el baño era tan pequeño que no conseguía proteger a Leo y Lucas. Mientras, ellos se defendían como podían con calambrazos y patadas, respectivamente. Al final, pudo más el tamaño de los abusones. Gabi y los suyos los arrinconaron en una esquina y empezaron a acercarse muy despacio, como gatos jugando con los ratones que van a comerse. Estaban muy cerca cuando sus pies se levantaron lentamente del suelo.

—Perdón —dijo una voz grave—, pero no puedo dejar que hagáis daño a mis amigos.

Dani cogió a Gabi del cuello de la camiseta con su manaza derecha, y a sus matones con la izquierda. Los levantó como si no pesaran nada. Se dio media vuelta y, con mucha delicadeza, los dejó en la otra punta del baño y dijo:

—Seguro que hay una forma pacífica de resolver esto.

Asustado, Gabi volvió a echar cuentas. Dani valía por tres. Y, ahora que Elena no tenía que defender a Lucas y Leo, no podría con ella. Por si fuera poco, el enano y el nuevo se defendían mucho mejor de lo que esperaba.

¡CLAP, CLAP, CLAP!

—¡Menudo espectáculo! Porque ya he desayunado que, si no, voy a por palomitas. —Carla los miraba con malicia desde la puerta del baño—. Uy, ¿no es un profe eso que viene por allí?

En cuanto oyeron «profe», los matones se miraron y empezaron a empujarse para salir del baño. Los demás no escucharon a Carla porque estaban demasiado ocupados discutiendo entre ellos.

—¡Pero cómo puede ser que todos los días te dejes pegar por ese idiota! —chilló Elena—. ¿Por qué siempre tengo que estar cuidando de ti?

—¡Yo no te he pedido que cuides de mí! —saltó Lucas, mostrándole su pistolita—. ¡No necesito tu fuerza bruta! ¡Yo tengo mi cerebro!

—Por favor, no discutáis —pidió Dani, agobiado.

Leo quería decir algo, pero no sabía qué.

Quería defender a Lucas y decirle a Elena que aquello no era culpa suya. Quería explicarle a Lucas que su hermana se comportaba así porque no quería que le hicieran daño. Quería darle las gracias a Dani por haberles salvado en el último momento. Y también a Carla por terminar la pelea usando su astucia.

Pero las palabras no le salían.

Estaba dolorido y sorprendido. Nunca se había metido en una pelea y nunca, en su vida, había hecho nada sin pensar. Era como si su cabeza no fuera suya, como si algo lo controlara desde fuera. Se miró la mano. Tenía los nudillos hinchados. Y, dentro del puño, aún apretaba la bolsita con el símbolo de Zoic.

Zoic... Aldo... Tenía que encontrarle y contarle que...

—¿Se puede saber qué está pasando aquí? —dijo el profesor Arén desde la puerta del baño, con el ceño fruncido.

Carla puso cara de niña buena.

—Se estaban peleando, profesor. He venido a separarlos, pero no he podido —explicó a toda prisa—. Iba a avisarle ahora mismo.

—Chivata... —la acusó Elena entre dientes.

—¿Qué has dicho, Elena? —preguntó el profesor Arén—. ¿Quieres explicarme por qué el baño está destrozado? ¿Y por qué parece que venís de un combate de boxeo?

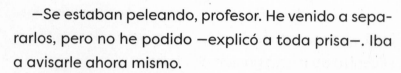

—¡No ha sido culpa nuestra! —chilló Lucas—. Han sido esos..., esos... ¡cavernícolas!

—Tranquilo, Lucas. —Dani le apoyó una de sus manazas en el hombro—. No vale la pena.

—¿Y tú? —El profesor miró a Leo, dolido—. No esperaba algo así de ti.

Leo no sabía explicar lo que había pasado. Él era el primero que no conseguía entenderlo.

—Profesor... Yo quería... Le estaba buscando para...

El profesor Arén levantó una mano para hacerlo callar.

—Ya he oído suficiente —dijo—. Estáis castigados. Esta tarde, después de clase, os espero a los cinco en el centro de investigación. Sin falta.

La sonrisa de satisfacción de Carla desapareció de golpe.

—¿Los cinco?

—Sí, Carla, has oído bien: los cinco.

—¡No es justo! ¡Yo no he hecho nada!

—¡Nosotros tampoco! —protestó Lucas.

—¡SILENCIO! —gritó el profesor—. No quiero más excusas. Esta tarde, en mi despacho. Si no, habrá consecuencias.

Leo buscó los ojos de Aldo, pero el profesor no volvió a mirarle. Aquel hombre no era el científico racional y comprensivo con el que trabajaba todas las tardes. Se le pasaron de golpe las ganas de compartir con él su descubrimiento. Apretó la bolsita en la mano, se la guardó en el bolsillo y salió del baño con la cabeza baja.

Luego recordó qué día era y volvió a sentirse muy, muy solo.

Capítulo 4

CASTIGADOS

—¡Esto es un asco!

Sentada en una esquina, Carla se frotaba las deportivas con un pañuelo de papel. Parecía que, en vez de barro, se estuviera limpiando material radiactivo.

—¡Deja de quejarte y ayúdanos! —gruñó Elena, ojeando un libro gordísimo—. Yo hoy tenía entrenamiento y llevo toda la tarde encerrada aquí contigo. ¡Eso sí que es un asco!

—No es para tanto —dijo Dani, pacífico—. El profesor Arén solo nos ha mandado hacer un trabajo. Cuanto antes terminemos, antes nos iremos. —Señaló hacia el laboratorio—. Además, este sitio es bastante guay.

Pensó que Leo estaría de acuerdo con él, pero no le prestaba atención. Estaba girado en la silla, mirando la luna a través de los ventanales del centro de investigación. Llevaba toda la tarde pensando en lo que había pasado. En las figuritas escondidas en su maleta, en la pelea, en el castigo. En todo.

Tenía un chichón en la frente y la mano hinchada y dolorida. Pero lo que más le dolía era la actitud del profesor Arén.

La pena que había visto en sus ojos.

Odiaba dar lástima, y también odiaba haberse comportado como un abusón. No entendía de dónde venía aquella furia, aquella sensación de no controlar sus pensamientos.

Dejó la bolsa de terciopelo negro en la mesa. Era la primera vez que la soltaba en todo el día. De repente, fue como si se quitara de encima una mochila muy pesada.

—¿Guay? ¡Este sitio es flipante! —parloteaba Lucas. No apartaba sus ojillos inquietos del vaivén de los robots de Zoic. Llevaba toda la tarde persiguiendo a los que se movían e intentando destripar el mecanismo de los que no—. ¡Yo quiero quedarme a vivir aquí!

Elena resopló y le lanzó una mirada asesina.

—¡Vale, vale! —Lucas se sentó y abrió uno de los tochazos que había sobre la mesa—. A ver, tampoco

puede ser tan difícil. El profesor solo quiere una descripción de los diferentes tipos de dinosaurios, ¿no?

—Ya. ¿Y cuántos tipos de bichos hay, si puede saberse? —replicó Carla, tapándose la nariz con una mano y tirando el pañuelo a la papelera con la otra.

—¡Muy fácil! —Lucas pasó las páginas—. Mira, aquí dice que, dependiendo de cómo tengan la cadera, hay dos grupos: *sauripistios* y *onisti... ornasti...*

—Saurisquios y ornitisquios —le corrigió Leo.

Era la primera vez que hablaba en toda la tarde. Sus compañeros de castigo lo miraron como si acabaran de descubrir que estaba ahí.

—Es la división clásica de los dinosaurios —continuó él—. Lo que Lucas ha dicho es verdad: el hueso del pubis de los saurisquios apunta hacia delante, y el de los ornitisquios, hacia atrás. Por eso se diferencian.

—¿Estás diciendo que tenemos que mirarles el pubis a los dinosaurios? —preguntó Carla, a punto de echarse a reír.

Leo no veía dónde estaba la gracia.

—Sí. Aunque seguramente esa clasificación ya no vale. Un artículo del año pasado decía que los carnívoros, que siempre se han considerado saurisquios, en realidad se parecen más a los ornitisquios. Así que formarían un nuevo grupo: los ornitoscélida.

—¿Los ornitorrincos son celíacos? —preguntó Dani, confuso.

—Ornitoscélida —repitió Leo, despacio—. Es el grupo que incluye a los terópodos, es decir, a los carnívoros, y a los ornitisquios, que son todos los herbívoros con...

—Para, para —le frenó Elena—. ¿Tú también eres experto en lagartos?

—No son lagartos, son dinosaurios —la corrigió Leo—. Y no sé si soy un experto, pero me gustan muchísimo. Mi tía Penélope es paleontóloga, y llevo unas semanas ayudando al profesor Arén en sus investigaciones.

—Te dije que Leo molaba mucho, hermanita. —Lucas sonrió, orgulloso.

Elena se levantó de la silla, enfadada, y apoyó los puños en la mesa.

—O sea, que podríamos haber terminado con esta tontería en quince minutos —bufó—, pero al cerebrito no le ha dado la gana de abrir la boca hasta ahora.

—¡Podríamos haber salido de aquí de día! —lloriqueó Carla, con un escalofrío—. ¡Ahora tendremos que cruzar el bosque sin luz!

—Pero si solo son unos arbolitos. —Dani intentó tranquilizarla con una palmadita en el hombro.

—¡Pero qué haces, mastodonte! —Carla se alejó de un salto—. ¡Casi me rompes la espalda!

—«¡Casi me rompes la espalda!» —se burló Elena.

—Yo solo quiero que no nos perdamos la cena —confesó Dani, con tristeza.

El gigante dejó caer los brazos sobre la mesa y la habitación entera tembló. Al escuchar tanto ruido, el profesor asomó la cabeza por la puerta del despacho y los miró con seriedad.

—¿Ni siquiera castigados pensáis portaros bien? —dijo, molesto—. No puedo creer que llevéis tres horas aquí y todavía no hayáis terminado.

Leo se levantó. Sabía que el profesor estaba enfadado con él, pero tenía que enseñarle lo que había encontrado. Eso era lo único que importaba, y no ese trabajo que podía hacer con los ojos cerrados en cualquier momento. Cogió la bolsita pero, en cuanto la tocó, notó que se le volvía a nublar la cabeza..

—Profesor... —Las palabras no le salían, apenas podía pensar—. Yo... quería....

—No me importa lo que quieras tú, Leo —le interrumpió el profesor. Parecía más enfadado con él que con el resto—. Lo que quiero yo es que terminéis el trabajo. Me sorprende que, con todo lo que sabes, no lo hayáis hecho ya.

—Eso digo yo —murmuró Elena.

—Pero... —protestó Leo.

—No quiero excusas —le cortó el profesor—. Tengo que salir del laboratorio para hacer unos recados... —Carla empezó a recoger sus cosas, aliviada, pero el profesor le hizo un gesto con la mano—, pero vosotros *cinco* os quedáis aquí. Volveré en un par de horas. Espero que hayáis terminado para entonces.

El profesor Arén se marchó, y todos se desplomaron sobre sus sillas, derrotados. Leo notaba la cabeza y los hombros de plomo. Le encantaba aquel laboratorio, pero hoy estaba deseando irse de allí.

Decidió que ya estaba bien de perder el tiempo y activó una de las torres robóticas. La máquina proyectó una especie de árbol que los demás miraron extrañados.

—Esto de aquí es un cladograma —explicó—. Es un esquema que usan los biólogos para ordenar a los seres vivos.

—Ajá —comentó Carla, mirándose las uñas—. ¿Y eso nos interesa porque...?

—Hay varias maneras de diferenciar a los dinosaurios. Una es por la cadera, como decía Lucas, pero también se pueden dividir en herbívoros y carnívoros.

—Vamos, por lo que zampan —atajó Elena.

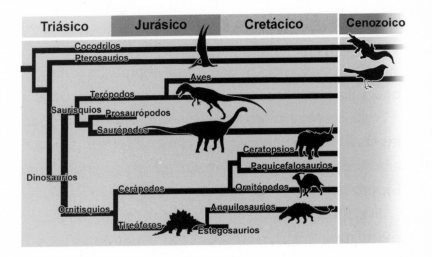

Triásico | Jurásico | Cretácico | Cenozoico

Cocodrilos
Pterosaurios
Aves
Terópodos
Saurisquios
Prosaurópodos
Saurópodos
Ceratopsios
Paquicefalosaurios
Dinosaurios
Ornitópodos
Cerápodos
Ornitisquios
Anquilosaurios
Tireóforos
Estegosaurios

—Sí —dijo Leo—. Los carnívoros son los terópodos, y dentro de los herbívoros hay tres clases: saurópodos, cerápodos y tireóforos.

—Pfff... —resopló Elena—. Vaya nombres.

—¿Y en qué se diferencian? —quiso saber Dani.

—En su tamaño y habilidades, sobre todo —explicó Leo—. Los saurópodos son enormes y fuertes; los tireóforos son medianos, y suelen llevar coraza; en cambio, los cerápodos son medianos o pequeños, y tienen muchas estrategias para sobrevivir.

—¿Son pequeños e inventan cosas? —dijo Lucas, entusiasmado—. ¡Como yo!

—Sí, eso es justo lo que hace un tipo de cerápodos, los ceratopsia —asintió Leo. Dani arrugó la frente. Leo temió que empezara a mezclar «ceras» con «autopsias», así que preguntó—: ¿Os suenan los tricerátops?

—¡Sí! —exclamó Lucas—. ¡Son como rinocerontes, pero en dinosaurio!

—Más o menos —rio Leo—. Medían unos diez metros de largo, y cuatro y medio de alto.

—¿Y eso es mediano? —preguntó Dani, sintiéndose muy pequeño de repente.

—Sí. En comparación con los saurópodos, por ejemplo, no eran muy grandes.

—Los comeplantas esos no tienen nada que hacer —opinó Elena—. Los *tetrópodos* son los que más molan.

—Terópodos —la corrigió Leo—. De ellos precisamente tenían que defenderse los ceratopsia. Por ejemplo, los tricerátops tenían una especie de cresta de hueso en el cuello, y tres cuernos: uno encima de la nariz y dos sobre los ojos. Además, vivían en manada y, cuando viajaban, los adultos rodeaban a las crías y cuidaban de que no les pasara nada.

—Te lo estás inventando —se burló Carla.

—No. Hay yacimientos con huellas que lo demuestran. Y en las excavaciones suele haber huesos de animales de varias edades. —Leo empezó a embalarse—. Estos dinosaurios son «primos» de los paquicefalosaurios y los ornitópodos, y...

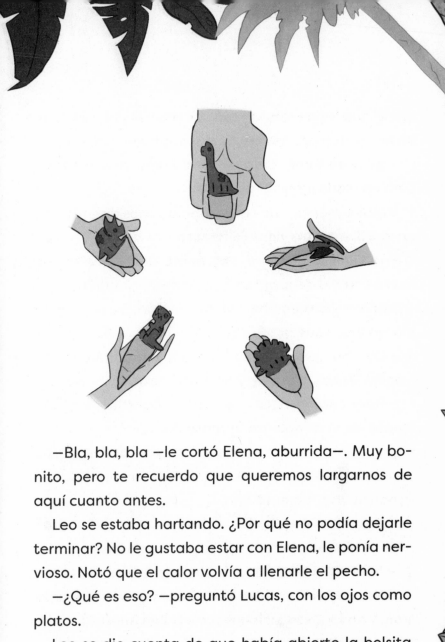

—Bla, bla, bla —le cortó Elena, aburrida—. Muy bonito, pero te recuerdo que queremos largarnos de aquí cuanto antes.

Leo se estaba hartando. ¿Por qué no podía dejarle terminar? No le gustaba estar con Elena, le ponía nervioso. Notó que el calor volvía a llenarle el pecho.

—¿Qué es eso? —preguntó Lucas, con los ojos como platos.

Leo se dio cuenta de que había abierto la bolsita sin querer y se habían salido las figurillas.

Cogió una.

—Mirad, estos dientes representan cinco tipos diferentes de dinosaurio —dijo.

—¿Cinco? —preguntó Carla, mosqueada. Ese número empezaba a darle mal rollo—. Solo has hablado de cuatro.

—Este de aquí es un diente de pterosaurio —respondió Leo, dándole el que tenía una criatura con alas en el extremo—. No se los considera dinosaurios, pero convivieron con ellos mucho tiempo. Si lo dejas claro en el trabajo, no creo que al profesor Arén le importe.

—Me gusta. Son elegantes... y vuelan.

—Vale, ¿y ahora qué? —preguntó Elena, cogiendo el que tenía la cabeza de tiranosaurio.

—Que cada uno elija un diente. Yo os digo qué tipo de dinosaurio es y cada uno escribe sobre el que le haya tocado. Fin del castigo.

Elena apretó el diente de terópodo («los peligrosos», como los llamaba ella) y Carla se quedó con el pterosaurio. Encantado, Lucas cogió el de cerápodo y Dani envolvió con su manaza el diente de saurópodo. En la mesa solo quedaba el de tireóforo, el dinosaurio acorazado.

Su dinosaurio favorito.

—¿Los has hecho tú? —preguntó Lucas.

—Qué va —reconoció Leo—. Mi tía debió de encontrarlos en alguna excavación de Zoic.

—¿Son dientes de verdad? —preguntó Carla, mirando el suyo como si fuera una babosa.

—No, son de piedra. —Leo sabía que no podía contarles nada secreto, así que no dio más explicaciones—. Seguramente son falsificaciones.

—Pues sí —intervino Elena—, porque no creo que los dinosaurios se hicieran tatuajes.

—¿A qué te refieres? —preguntó Leo.

—Creo que a estas marcas —Dani señaló algo con su dedazo.

Leo tuvo que apartárselo para ver las pequeñas runas que había talladas sobre el diente.

—Mi diente tiene una parecida —dijo Lucas.

—Y el mío —añadió Carla.

Leo examinó el suyo. Varias marcas eran parecidas a las del resto, pero la runa principal era distinta. ¿Dónde la había visto antes? ¿En el cuaderno de su tía?

—¡Son iguales que las de la excavación que hay detrás del edificio! —gritó. No quería decirlo en voz alta, pero se le escapó.

—¿Qué, qué, qué? —preguntó Lucas, tieso como un palo.

—N-n-nada... —titubeó Leo.

—¿Nos lo enseñas? ¡Porfavorporfavorporfavor! —pidió el otro, emocionado—. Además, así hacemos un descanso.

—¿Descanso? —Dani frunció el ceño—. Si todavía no hemos empeza...

Pero ya era tarde. Lucas cogió su mochila y desapareció a toda velocidad, impulsado por las ruedas de sus zapatillas. Leo se levantó de un salto y lo persiguió por el pasillo. El profesor Arén no volvería a confiar en él si se enteraba de que le había dejado cotillear por las instalaciones.

—El profesor ha dicho que no salgamos —advirtió Carla.

—Y tú siempre haces caso a los profes, ¿verdad? —la chinchó Elena, justo antes de atravesar la puerta.

Carla no quería que la castigasen por desobedecer, pero tampoco quería quedarse sola. Así que, cuando vio que Dani salía de la habitación con sus lentas zancadas de elefante, decidió seguirle.

Leo abrió la puerta trasera del edificio, y se quedó blanco cuando vio que Lucas acercaba sus gafas a la pared de roca que el profesor Arén y él llevaban semanas cepillando. Sintió un escalofrío al verlo toquetear la red de hilos y gomas que rodeaban los extraños símbolos. Y por poco se desmaya cuando Lucas se sacó el

diente del bolsillo y lo metió en una de las grietas de la roca.

—¡Lucas, no toques nada!

CLIC.

—Ups.

De la pared de roca salió una extraña espiral en relieve.

—¿Pero qué has hecho? —Leo estaba horrorizado.

—Pues he metido el diente aquí y... ha salido esto —murmuró Lucas, sonrojándose—. Parece una llave.

—¿Una llave? —dijo Elena, acercándose—. ¡Deja de decir tonterías!

—A mí me recuerda a la rueda de una caja fuerte —reflexionó Dani, toqueteando la espiral—. Mira, esto gira.

Leo intentó apartarlo, sin éxito. Pesaba demasiado.

—El mastodonte tiene razón —admitió Carla, desde la distancia—. Son los mismos símbolos que hay en los dientes del rarito, ¿no? Pero están cambiados.

Lucas miró a Carla con admiración.

—¡Qué lista eres! —le sonrió, embobado—. ¡Igual es una clave! ¿Y si hacemos que cada símbolo coincida con su dinosaurio?

—¡No, no! —se quejaba Leo—. ¡No vamos a hacer coincidir nada!

—A ver... —Lucas se escabulló y, muerto de curiosidad, empezó a darle vueltas a la rueda—. Este va con este, este va con este, y este...

—¡Lucas, deja de...!

CLAC.

—Ups.

La pared pareció romperse y se abrió con un fuerte ruido, como si fuera una puerta. Los cinco miraron adentro, hacia el oscuro pasadizo abierto en la roca.

—¡Guau! —dijeron a la vez.

Lucas tardó diez milésimas de segundo en encender su linterna y desaparecer por el pasadizo. Elena tardó once en ir tras él. Leo trece en darse cuenta de que los mellizos se llevaban sus figurillas de piedra y entrar a buscarlos. Dani un segundo entero en intentar alcanzarlos para explicarles que aquello podía ser peligroso. Carla, en cambio, estuvo plantada de brazos cruzados en medio de la noche durante casi un minuto.

Finalmente, contuvo la respiración y, de mala gana, entró en el pasadizo.

Capítulo 5
EL TÚNEL

Leo temblaba como una hoja en la oscuridad. No veía ni oía nada. Extendió los brazos, pero sus manos solo tocaron el aire. No recordaba en qué dirección estaba la entrada y no veía a los demás. Quería gritar. De pronto, oyó un ruido atronador y una luz lo deslumbró.

Tenían que salir de allí. Aquel lugar era peligroso.

—¿Lucas? ¿Elena? —gritó—. ¡Volved! ¡El túnel no es seguro, podría derrumbarse!

Otro relámpago. ¿Qué era aquel lugar? ¿Esa luz se debía a las energías extrañas de las que hablaba el profesor? No lo sabía, pero tenía miedo, así que aceleró el paso. Estaba tan deslumbrado que tardó en ver que una débil luz iluminaba el final del túnel.

La silueta de Lucas miraba una pared con curiosidad.

—¿Has visto esto? ¡Son chulísimos!

—¿Son grafitis? —preguntó la voz de Elena.

Leo se acercó para ver mejor. Las pinturas que había sobre la pared de roca eran muy parecidas a las que había visto en el centro de investigación: seis figuras humanas (tres femeninas, tres masculinas), cada una de pie junto a una criatura distinta. Y, debajo, los mismos símbolos que habían encontrado en los dientes de piedra. Leo sacó el que tenía en el bolsillo y lo acercó a la luz. La marca que había bajo la pareja formada por un hombre y un estegosaurio era la misma que había en su diente.

Las doce siluetas estaban rodeadas por una especie de semicírculo. Un arco que parecía la salida de un túnel.

Una puerta.

—Deberíamos dar media vuelta —advirtió Dani, saliendo de la oscuridad—. El profesor estará a punto de volver.

—Pero si no han pasado ni cinco minutos... —protestó Lucas—. No seas muermo, vamos a explorar un poco.

—Volverá a castigarnos —insistió Carla, molesta—. Además, este sitio está lleno de bichos.

—Ser siempre tan buenecita tiene que ser un rollo, ¿no? —se burló Elena.

Leo no dijo nada. Sabía que Dani y Carla tenían razón, pero aquel lugar le parecía alucinante. Las pinturas, el tamaño de los helechos que crecían en las grietas de la roca... No se parecían en nada a lo que había en los terrenos del colegio.

Una enorme libélula azul pasó zumbando como un helicóptero y salió al exterior.

—¿Qué-era-eso? —susurró Carla, usando a Dani como escudo humano—. ¡Medía casi medio metro!

Carla no exageraba, aquella libélula era mucho más grande de lo normal. Pero los ojos de Leo estaban fijos en otra cosa. Se acuclilló con cuidado y observó el rastro de huellas en el suelo. Huellas de tres dedos, probablemente de aves que parecían tener el tamaño de... ¿avestruces? Leo se levantó de golpe y siguió el rastro hacia la salida de la cueva.

Lo que vio cuando sus ojos se acostumbraron a la luz lo dejó sin palabras.

—Así es como mi tía me dijo que sería...

Fuera estaba amaneciendo. La luz del sol iluminaba el final del túnel. Frente a ellos se extendía un pai-

saje de volcanes, llanuras, lagos y una jungla infinita que llegaba hasta el mar.

—No puede ser... —murmuró Lucas—. Pero si estamos a kilómetros de la costa...

—Conque cinco minutos, ¿eh, hermanito? —dijo Elena, con los ojos como platos—. ¡Pero si está amaneciendo!

—¿Qué es esa peste? —Carla se tapó la nariz.

—Semillas de ginkgo, que tienen un olor particular —respondió Leo automáticamente. Señaló la hoja de una planta gigante—. Y estos son helechos arborescentes. Esto no debería estar aquí.

—No me digas —replicó Elena, con ironía.

Leo estaba como hipnotizado. Las huellas que había visto antes se mezclaban ahora con otras más grandes. Le recordaron al símbolo de Zoic, pero tenían dos dedos en lugar de tres. Había visto aquellas huellas mil veces en los libros de su tía.

Dromeosaurios.

—¿Dromedarios? —preguntó Dani.

Había vuelto a hablar en alto sin darse cuenta.

—Dromeosaurios. Reptiles corredores —explicó—. El tercer dedo de su pie es una garra que está levantada, por eso solo dejan dos marcas en el suelo.

—¿Estás loco? —soltó Carla—. ¡Los dinosaurios están extintos, rarito! ¡Hasta yo sé eso!

—Estoy de acuerdo con la pija —opinó Elena—. Es imposible.

—Podría ser una imitación de la flora prehistórica —aventuró Leo, mirando a su alrededor—. Una imitación muy exacta...

—¿Un parque de atracciones de dinosaurios detrás del cole? ¡Qué pasada! —dijo Lucas, entusiasmado.

La manaza de Dani lo pescó por el cuello de la camiseta antes de que saliera corriendo.

—No, Lucas. Sé prudente. Debemos volver.

—Claramente, el mastodonte es el único con cabeza —dijo Carla—. Aquí hay unos bichos enormes. Yo digo que demos media vuelta.

—¡Yo quiero investigar! —protestó Lucas.

—¿Dónde está el nuevo? —preguntó Elena.

Leo bajaba por la cuesta, alucinado. Sus pies tenían vida propia y seguían el rastro de huellas hacia la jungla. La cabeza le decía que aquello era peligroso. Pero su corazón no le permitía irse sin descubrir qué era todo aquello. Encantado, Lucas se retorció para liberarse de la mano de Dani y salió disparado, seguido de cerca por Elena. El gigante los vio alejarse y dudó. Miró a Carla, que estaba con los brazos cruzados.

—Yo de aquí no me muevo.

Dani se encogió de hombros.

—Quédate, si quieres —ofreció, caminando tras sus amigos ladera abajo—. Volveremos en un rato. ¡Palabra de explorador!

Los cuatro se adentraron en la jungla. Leo iba embobado. Elena, alerta. Dani doblaba ramitas a su paso para encontrar el camino de vuelta. Lucas disparaba preguntas como una ametralladora.

—¿Cuáles son los ginkgos? —quiso saber.

Leo señaló un árbol de hojas planas color verde claro.

—En el Jurásico había muchísimos. Se supone que ahora quedan muy pocos, pero este bosque está lleno. Pasa lo mismo con esos árboles de ahí.

—¿Los pinos? —preguntó Elena.

—Araucarias —corrigió Leo—. Son de la misma familia. ¿Y veis esa planta con forma de tubo, la que parece hierba? Eso son equisetos, o colas de caballo.

—Mi abuela se hace infusiones de eso —murmuró Dani.

—¡Pero todas estas plantas dejaron de ser abundantes hace millones de años! —continuó Leo—. Esto es increíble. Es como si en cualquier momento fuéramos a encontrarnos con un dinosaurio.

El suspiro de aburrimiento de Elena se mezcló con un bufido.

De repente, una cabeza enorme asomó entre los árboles y atrapó unos helechos con el pico. Mientras masticaba, una criatura se abrió paso a cuatro patas por entre los troncos. Su piel estaba cubierta de escamas, pero parecía más un pájaro que un lagarto.

El animal se detuvo un momento y se quedó mirándolos.

—¡Qué robot tan realista! —gritó Lucas—. ¡Este parque es genial!

Dani tragó saliva.

—Los robots no hacen caca, ¿no? —preguntó, pálido.

Leo miró el reguero de excrementos que había entre los equisetos, y luego a la criatura. Aquello no era un robot, ni tampoco una atracción turística.

Era un dinosaurio de verdad.

—Imposible... —murmuró.

La criatura se acercó a olfatear a Lucas.

—¡Fuera de aquí, bicho asqueroso! —Elena enseñó los dientes y se plantó con los brazos abiertos frente a su hermano.

El dinosaurio se tensó.

—¡Elena, no! —advirtió Leo, apartándola—. ¡Es herbívoro! Si lo dejamos en paz, no nos hará nada.

El dinosaurio los miró durante un momento eterno. Luego se levantó, apoyado solo sobre las patas traseras, dio media vuelta y se alejó.

—¿No es un robot? —preguntó Lucas, sin podérselo creer.

—Es un iguanodón —explicó Leo—. O quizá un pariente cercano, como el mantelisaurio.

—Es enorme —se asombró Dani.

—Unos nueve metros, más o menos.

Las hojas se agitaron a su espalda. Se dieron la vuelta y descubrieron a una manada de criaturas de un metro de alto que corrían a toda velocidad sobre las dos patas traseras.

—¡Hipsilofodóntidos! —exclamó Leo.

—¿También son herbívoros? —quiso saber Elena.

—Sí —dijo Leo—. Son de la familia de los ornitópodos. Se llaman así porque sus huellas parecen de ave, como las que vimos en la cueva. ¡Vamos!

Leo echó a correr detrás de los animales, ilusionado. Lucas y Elena se miraron y corrieron detrás de él. Dani los siguió a su ritmo, haciendo marcas en los troncos de los árboles con la hebilla de su cinturón para no perderse.

Unos minutos más tarde, Leo se agachó entre los helechos y les indicó que guardaran silencio. Un poco más adelante había una laguna en la que bebían multitud de criaturas distintas.

—¿Qué son?

Lucas señaló unos dinosaurios que caminaban a cuatro patas. Su lomo estaba cubierto con una especie de coraza de pinchos desde la cabeza hasta la punta de la cola.

—Polacanthus. Son tireóforos, como los de mi diente —explicó, apretando la figurilla—. Y esos pajarillos que revolotean alrededor podrían ser iberomesornis, pero tendría que acercarme para...

—¿Entonces estamos en el Jurásico? —murmuró Elena, preocupada.

Leo negó con la cabeza.

—Estas criaturas son del Cretácico inferior. Es muy raro. Esta flora y esta fauna no deberían estar... mezcladas.

—Claro, es rarísimo que haya especies mezcladas, no que estemos rodeados de dinosaurios —dijo Elena, un poco enfadada.

Aunque no había gritado, a Leo le pareció que su voz sonaba demasiado fuerte. Se dio cuenta de que la laguna estaba en completo silencio. Los pájaros se alejaban volando y los dinosaurios tenían la mirada fija en la maleza.

De pronto, un rugido.

Y unas fauces abiertas que asomaron entre los árboles al otro lado del lago.

—¿Ese co-come hier-hierba...? —balbució Dani.

—¡¡¡CORRED!!! —gritó Leo, empujándole.

El carnívoro salió de los árboles derribando un par de helechos gigantes a su paso. Los demás dinosaurios corrieron hacia la jungla y empezaron a rodear a los niños, que huían muertos de miedo sin saber adónde ir.

Elena cogió a Lucas como si fuera un balón de rugby y tiró de Dani para que avanzase más rápido. Aprovechando el caos de la estampida, una manada de raptores surgió de los árboles y se lanzó contra unos cuantos ornitópodos. Mientras tanto, el carnívoro intentaba hundir sus dientes en la coraza de uno de los polacanthus, que agitaba la cola en el aire para defenderse.

Leo no podía creer lo que veía. Estaba aterrado y fascinado por igual.

—¡Aaahhh! —chillaba Lucas—. ¡No quiero que me coma un tiranosaurio con joroba!

—Tiene el morro más afilado y la cabeza y el cuello son más pequeños —jadeó Leo—. ¡No es un tiranosaurio! ¡Es un concavenator, un alosauroideo!

—¿¡En serio vas a hacerle una ficha técnica ahora!?
—gritó Elena.

Elena se agachó y esquivó por los pelos a uno de los raptores. Lucas no perdió el tiempo: sacó un tirachinas de bolas de pintura del cinturón y le acertó en plena cara al animal. El empujón de Dani, que corría unos metros por detrás, envió al carnívoro al suelo, bajo las patas de los aterrorizados herbívoros que huían a su alrededor.

—¡Van a aplastarnos! —gritó Leo.

—¡Ni hablar!

Elena apretó los dientes. Abrazó a su hermano y, corriendo a toda velocidad, empujó a Leo para apartarlo del camino. Luego extendió el brazo, se colgó de Dani, y tiró con todas sus fuerzas para arrastrarlo pendiente abajo justo antes de que un enorme iguanodón se los llevase por delante. Los niños rodaron ladera abajo y se adentraron aún más en la jungla, lejos de la estampida, de los carnívoros que los perseguían.

Y del camino de vuelta a casa.

* * *

Carla ya no sabía qué hacer. No quería sentarse, aquel lugar estaba lleno de porquería. Tampoco quería apoyarse en ningún sitio, había bichos por todas partes. Llevaba de pie, dando vueltas alrededor de la boca del túnel, ¿cuánto? ¿Cuarenta minutos? ¿Una hora? No sabía qué hora era, su reloj de pulsera no funcionaba.

Estaba harta y asustada. Esos idiotas tardaban demasiado. Y no quería ni pensar en el rugido que había oído a lo lejos.

Se la iban a cargar cuando el profesor Arén se enterara de lo que habían hecho. Mientras pensaba posibles excusas, una libélula gigante se acercó zumbando hacia ella y se posó a su lado.

Aquello fue demasiado.

Miró hacia atrás y vio que el sol iluminaba buena parte de la cueva. El túnel tampoco era tan largo, seguro que podía volver sola. Avanzó hacia el interior y, poco a poco, el túnel fue quedándose a oscuras. La sorprendió un relámpago como el que había visto al entrar. Y de nuevo oscuridad. No veía nada, estaba muy desorientada.

Chocó con algo.

—¡AHHHH! —gritó, aterrorizada.

—Carla, ¿qué haces aquí?

—¡Profesor Arén!

Se abrazó a él, aliviada.

Y, mientras la sacaba de allí, Carla pensó que era la primera vez que se alegraba de que fueran a castigarla.

Nombre científico: *Polacanthus foxii.*

Grupo: tireóforo, anquilosaurio, nodosáurido.

Cuándo vivió: hace 130 millones de años, Cretácico inferior.

Dónde vivió: Europa.

Alimentación: fitófago (herbívoro).

Tamaño: 5 metros de largo.

Encontrado primero en la Isla de Wight, en Inglaterra. Es el nodosaurio más abundante en Europa en esta edad. Tenía grandes púas y placas que en la cadera formaban un escudo.

Otra info:

Púas u "osteodermos".

Su cabeza estaba acorazada completamente.

Capítulo 6

PERDIDOS

Los niños estaban en lo más profundo de la jungla. No les funcionaban los relojes ni los móviles , así que no sabían cuánto tiempo llevaban allí. Solo sabían que la estampida había pasado, pero el alivio duró poco. Dani intentó localizar el camino a casa, pero la caída lo había desorientado.

Estaban perdidos.

Decidieron buscar un sitio donde estuvieran a salvo. Una hora después, nerviosos y asustados, encontraron un lugar protegido entre los árboles, pero lo bastante despejado como para notar si algo se acercaba. Elena se puso a dar vueltas como una pantera enjaulada.

—Tú, frikisaurio, sácanos de aquí —exigió—. Ahora.

—¿Yo? —replicó Leo, sorprendido—. ¿Por qué yo?

—¿No se supone que lo sabes todo sobre este sitio? —escupió ella—. Lo buscaría yo misma, pero aquí no hay wifi —dijo, enseñando su móvil.

Leo abrió la boca para responder, pero no le salían las palabras.

Como siempre.

Lucas sabía lo cruel que podía ser su hermana cuando estaba nerviosa. Se peinó el pelo alborotado, comprobó si se le habían roto mucho las gafas al caer por el terraplén (solo había perdido una patilla, nada grave) y dijo:

—Déjale en paz. Esto no es culpa suya.

—Es verdad. ¡Es tuya, por andar metiendo las narices en todas partes!

—¡Oye, que nadie te ha obligado a venir! Además, reconoce que este sitio es increíble. ¡El primo del tiranosaurio era una pasada!

Elena se puso roja. La aparición del carnívoro había sido impresionante, sí. Cómo rugía y perseguía a sus presas, cómo se movía. La había asustado, pero también le había hecho sentir una atracción muy rara. Durante un momento, hubiera jurado que la criatura la llamaba.

Dani le apoyó una manaza en el hombro.

—Discutir no va a sacarnos de aquí. —Era el único que parecía conservar la calma—. Tenemos que encontrar el rastro.

—Ya lo hemos intentado —repuso Elena, aún enfadada, aunque más tranquila.

—Pues habrá que intentarlo otra vez —insistió Dani—. Tenemos que volver al menos hasta el lago. Ahí ha sido donde he dejado de marcar el camino.

—El lago... —murmuró Leo, recordando algo—. La estampida...

—Al dinoexperto le ha dado un telele —dijo Elena.

Lucas la fulminó con la mirada.

—¿Se te ha ocurrido algo, Leo? —preguntó.

—Tenemos que subir el terraplén... Las plantas aplastadas...

—¿Estás loco? —le interrumpió Elena—. ¡Casi nos matan ahí arriba!

—¡Leo tiene razón! —se alegró Dani—. Los dinosaurios han derribado varios árboles a su paso. ¡Si subimos el terraplén, encontraremos el rastro de la estampida y...!

—¡Podremos volver al lago! —terminó Lucas, mirando a Leo—. ¡Vamos a buscar el rastro de ese concavenator!

Leo sonrió al ver que su amigo había recordado el nombre del dinosaurio.

Los cuatro se pusieron en marcha. Dani lideraba el grupo. Lucas y Leo caminaban juntos, en medio. Elena iba detrás, vigilando cada movimiento a su alrededor.

Dani había aprendido a orientarse en los campamentos de exploradores a los que su madre le mandaba cada verano. Nunca le habían gustado mucho (era como cambiar un internado por otro), pero sus enseñanzas estaban resultando muy útiles en aquel lugar. Sabía que la jungla era peligrosa, pero también notaba una extraña calma. Miró hacia arriba, hacia las cabezas de los enormes braquiosaurios y diplodocos que arrancaban las hojas de los árboles más altos. Todo allí era muy grande.

Como él.

***

—¿Estás segura de que es por aquí? —preguntó el profesor Arén por décima vez.

Carla pensaba que el profesor se enfadaría y volvería a castigarla. A ella le habría parecido bien. Pero cuando le contó todo lo que había pasado, lo que hizo el profesor fue abrir mucho los ojos y pedirle que lo

guiara por el túnel. La necesitaba para encontrar a los demás en aquel lugar lleno de plantas asquerosas y bichos gigantes.

Carla no podía imaginar un castigo peor.

El robot de laboratorio que iba con ellos encendió un potente foco. El profesor lo había programado para que los acompañara y cargara con distintas herramientas. Aquella especie de perro robot caminaba torpemente con sus patas de metal mientras zumbaba, pitaba e iluminaba la oscuridad.

Atravesaron el extraño resplandor y llegaron al final del túnel. Carla buscó libélulas gigantes por todos lados, pero esta vez no había ninguna. Cuando vio la cara que ponía el profesor frente a las pinturas en la roca, supo que él entendía su significado. Y cuando apagó la luz del robot y caminó a toda prisa hacia el final del túnel, comprendió que esta vez no iba a librarse de entrar en la jungla.

—Penélope tenía razón... —murmuró el profesor Arén.

Parecía igual de hipnotizado que Leo.

Carla señaló el camino embarrado que habían seguido sus compañeros.

—Leo y los demás se marcharon por allí.

—Vamos.

Carla obedeció, temblando de miedo. Los dos entraron en la jungla y caminaron entre los árboles, seguidos por el obediente robot. De vez en cuando, el profesor se acuclillaba para ver con más detalle unas huellas, unas ramas partidas o unas gigantescas masas humeantes que parecían... ¿caca?

—¡Está fresca! —exclamó, tras meter el dedo índice en una y llevárselo a la nariz como si estuviera oliendo un perfume muy caro.

Carla contuvo una arcada.

Algo cruzó el cielo sobre su cabeza y soltó un chillido. Carla se quedó helada. Era una especie de pelícano gigante, con la punta del pico redondeada y unos

97

dientes afilados entre los que llevaba una presa ensangrentada. Planeaba justo encima de ellos, con las
enormes alas extendidas. Unas alas como las de un
murciélago, pero recubiertas de una especie de pelu-
silla. Era muy grande.

—Un ornitocheirus. —El profesor Arén cayó de rodillas al suelo. Parecía que hubiera visto un fantasma—.
Primero los patrones de energía extraños, luego las
pinturas rupestres y ahora esto.

—¿Qué dice, profesor? —preguntó Carla.

Él no parecía escucharla.

—¡Penélope tenía razón! —Se llevó las manos a la
cabeza como si le fuera a explotar—. ¡Las excavaciones son en realidad portales a otro mundo!

Carla tendría que haberse desmayado al oír aquella locura, pero toda su atención estaba puesta en la
criatura que volaba sobre ellos. Para su sorpresa, no le
parecía asquerosa. Es más, le gustaba.

De repente, tuvo más ganas de seguirla que de salir corriendo de allí.

* * *

—¿Alguien quiere un sándwich? —Lucas abrió su mochila y mostró unos paquetitos envueltos en papel de

aluminio, un par de plátanos y dos botellas de agua—. Pensé que igual nos entraba hambre durante el castigo, pero nos los podemos comer ahora.

—Anda, qué previsor —dijo Elena, metiendo la mano.

Dani se giró hacia ella.

—No. No sabemos cuánto tiempo estaremos aquí. Es mejor guardar el agua y las provisiones para luego.

—¿Y de qué nos sirven si nos morimos de hambre ahora? —murmuró Elena entre dientes.

—Deberíamos estar alerta —aconsejó Leo, nervioso—. Aquí somos presas fáciles.

Lucas sonrió, rebuscó en la mochila y sacó un tubito metálico lleno de botones. Por un extremo, era una especie de trompetilla. Por el otro, era un catalejo.

—Lo uso para que los abusones no me pillen por sorpresa. Y para ahuyentarlos cuando me encuentran.

Elena cogió el cachivache y se colocó junto a Dani al frente del grupo. El grandullón había localizado sus propias huellas y los llevaba pendiente arriba por el terraplén de barro.

—Vamos por buen camino —aseguró cuando llegaron a una zona llena de helechos arrancados y árboles partidos.

Avanzaron con cuidado por los restos de la estampida. Dani los guiaba entre los árboles y enseñaba a

Lucas cómo marcar los troncos por si volvían a perderse. Leo miraba fascinado a su alrededor, asombrado por aquella jungla imposible. A medida que avanzaban, Elena iba trepando a los árboles más bajos para observar el camino con el catalejo y comprobar que estuviera despejado.

Un poco más adelante, encontraron sangre, vísceras y una nube de insectos. Entre los helechos vieron los cadáveres de varios tricerátops medio devorados y algunas cáscaras de huevo pisoteadas. En medio de aquel cementerio, una criatura alada con un pico redondo rarísimo intentaba acercarse a uno de los cuerpos, pero no podía. Porque, gimoteando, una cría de tricerátops de menos de medio metro de largo, todavía cubierta de restos de cáscaras de huevo, defendía el cadáver de su madre.

Lucas dio un paso al frente.

—Abusón asqueroso...

—¡Lucas, no! —Leo lo sujetó—. Es un ornitocheirus. ¡Es carroñero, pero podría atacarte!

El ornitocheirus se acercó a la cría.

—¡Pero va a comerse al bebé! —exclamó Lucas, retorciéndose—. ¡Tengo que ayudarle!

Lucas escapó de Leo, esquivó a Elena y pasó por debajo de las piernas de Dani. Era tan pequeño que nadie conseguía atraparle. Rebuscó en su cinturón, sacó su tirachinas y lanzó una pequeña canica metálica hacia el ornitocheirus.

—¿Qué haces? —gritó su hermana cuando vio que de la bolita salía humo.

El ornitocheirus levantó el vuelo, asustado.

—Ahuyentarlo —respondió Lucas con una sonrisa—. También las uso contra los matones. A veces gana el más listo, no el más fuerte.

El bebé de tricerátops se acercó a Lucas muy despacio.

—Creo que quiere darte las gracias —señaló Dani, divertido, cuando el tricerátops dio un cabezazo cariñoso a la pierna de su amigo.

—Hola, amiguito —dijo Lucas, agachándose y acariciándole entre los tres cuernos. Le acercó unas cuantas hojas pisoteadas al morro—. ¿O eres amiguita? ¿Qué comen estos bichos, Leo?

Leo no le estaba escuchando.

Estaba pensando en dos cosas.

La primera era que no habían retrocedido en el tiempo, como creía al principio. Los tricerátops habían vivido cincuenta millones de años después que los ornitocheirus. Era como si las especies de todas las épocas hubieran sobrevivido en aquella realidad alternativa y se hubieran mezclado.

La segunda era que reconocía perfectamente el trozo de tela que había enganchado en una rama, justo detrás del nido. Una tela verde con el símbolo rojo de Zoic, que procedía de la misma época y mundo que él, y una palabra cosida en el reverso.

«Penélope.»

* * *

Carla estaba embobada mirando a los pterosaurios. Mientras tanto, el profesor intentaba averiguar dónde se encontraban. Pasaron así varios minutos hasta que, de pronto, Carla vio una enorme pluma de color rojo flotando frente a ella.

—¿Es suya? —le preguntó al profesor, señalando al cielo.

El profesor no respondió. Se puso pálido, la protegió con un brazo y la hizo retroceder lentamente hacia el robot.

—No te muevas —susurró mientras pulsaba varios botones en el perro robótico.

Algo entre un graznido y un chillido hizo que se les pusiera la piel de gallina. Cuando Carla volvió a mirar, los rodeaban tres criaturas de casi dos metros de alto.

Se habían acercado sin hacer ruido. Caminaban a dos patas, y tenían escamas en la cabeza y plumas en el cuerpo y la larguísima cola. Pero lo que de verdad impresionó a Carla fueron sus ojos de serpiente.

Y sus afilados dientes.

De pronto, una zarpa con tres garras arañó la camiseta del profesor.

—¡Profesor Arén! —gritó Carla, dándose media vuelta.

—¡Son utahraptores, Carla! ¡Agáchate!

El profesor corrió hacia el robot y pulsó un botón. Del lomo del perro robot salió un compartimento, y luego una especie de red que atrapó a uno de los raptores.

Los otros dos consiguieron esquivarla. Retrocedieron, se agacharon.

Y se prepararon para atacar.

—¡Huye, Carla!

El profesor Arén la empujó hacia la jungla, colocándose entre ella y los raptores. Carla atravesó una cortina de vegetación y escapó. Corrió como nunca en su vida. Se arañó la cara con las ramas bajas de los árboles, tropezó con los helechos y cayó de boca al barro, pero no dejó de correr.

Corrió, corrió y corrió hasta quedarse sin aliento.

Y, cuando escuchó el alarido del profesor Arén pidiendo socorro, supo que se había quedado sola.

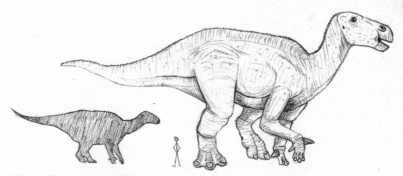

Nombre científico: *Iguanodon bernissartensis.*

Grupo: cerápodo, ornitópodo.

Cuándo vivió: hace 125 millones de años, Cretácico inferior.

Dónde vivió: Europa.

Alimentación: fitófago (herbívoro).

Tamaño: 10 metros de largo.

El ornitópodo más abundante en Europa durante el Cretácico inferior. Descubierto originalmente en Inglaterra. Su nombre significa «diente de iguana», y tenía unas púas en sus pulgares.

Otra info:

Púa de su pulgar, ¿arma defensiva?

Dientes en formación de batería para machacar la comida.

Capítulo 7

EL TEMPLO DE PIEDRA

—¿Y a este qué mosquito le ha picado? —soltó Elena, agitando una mano frente a los ojos de Leo.

—No sé, pero los mosquitos de aquí deben de tener aguijones como espadas para poder atravesar pieles como esta. —Lucas frotó cariñosamente el lomo del triceratops—. ¿Qué dices, Trasto? ¿A ti te pican los mosquitos?

—¿Le has puesto nombre? —preguntó su hermana—. No pretenderás quedártelo, ¿no?

Al ver que Elena se volvía hacia ella, la cría hizo un ruido a medio camino entre un mugido y un barrito, y se escondió entre las piernas de Lucas.

—Creo que te ha confundido con su mamá —le dijo Dani a Lucas—. O sea, eres casi lo primero que ha visto nada más salir del huevo. A lo mejor ni siquiera sabe que es un dinosaurio. ¿Eso puede ser, Leo? Oye, ¿adónde vas? El rastro de la estampida no sigue por ahí.

Leo no los escuchaba. Ni siquiera los veía. Todos sus sentidos estaban puestos en la rama de la que colgaba el trozo de tela verde.

—Ha estado aquí —murmuró, hipnotizado—. Tengo que buscarla.

—Leo, ¿qué pasa? —preguntó Lucas—. ¿Quién ha estado aquí?

—Mi tía.

Leo desenganchó el trozo de tela y se la mostró. Al ver el símbolo de Zoic, Dani puso los ojos como platos.

—Pero ¿cómo...?

—El profesor Arén me habló de una energía extraña que había en algunos yacimientos. —A Leo le brillaban los ojos como si tuviera fiebre—. Mi tía Penélope estaba trabajando en uno de ellos cuando su equipo y ella desaparecieron. Y en esa excavación encontraron esto. —Sacó del bolsillo el diente de piedra—. No estoy seguro, pero creo que esos yacimientos son en realidad portales a otro mundo donde los dinosaurios nunca se extinguieron.

—¿Y crees que tu tía está aquí? —preguntó Lucas.

—No lo sé, podría. —Leo parecía abrumado—. Tengo que...

—No quiero quitarte la ilusión, Leo, pero ya has visto cómo se las gastan estos bichos. —Elena señaló los cadáveres de las criaturas que los rodeaban—. Si no queremos terminar igual, tenemos que pirarnos de aquí.

Lucas le dio un codazo.

—Si... Si tu tía está aquí —continuó ella, menos bruscamente—, lo mejor que podemos hacer es encontrar la cueva, volver a nuestro mundo y pedir ayuda.

—Elena tiene razón —la apoyó Dani—. Este lugar, sea lo que sea, es peligroso. Con ayuda será más fácil encontrarla...

Leo miró a Lucas, pero Lucas no lo miraba a él. Su único posible aliado fingió jugar con la cría para no tener que dar su opinión. Leo se dio cuenta de que ninguno creía que fueran a encontrar a su tía con vida.

Solo él.

—De acuerdo —dijo, colocándose detrás de Dani—. Volvamos a la cueva.

Dani suspiró, aliviado. Echó un vistazo a su alrededor y vio una bandada de criaturas con una cola muy larga, algo más grandes que una gallina, que salía de la vegetación caminando a dos patas.

—Sigamos a esos pajaritos —propuso—. Parece que se dirigen al lago.

—Microrraptores —dijo Leo.

Pensó en acercarse a las criaturas para verlas mejor, pero no llegó a hacerlo. Porque, en la corteza de araucaria que tenía al lado, vio algo que le puso los pelos de punta.

La silueta ensangrentada de cinco dedos humanos.

★ ★ ★

—¡Cuando pille a ese idiota se va a enterar! —gritó Elena. Apartó la hoja de un helecho gigante y le lanzó una piedra a la cría de tricerátops—. Y, tú, ya estás librándote de ese bicho. Me pone nerviosa.

—¡TÚ le pones nervioso! —protestó Lucas, protegiendo al animal—. ¡No podemos dejarlo solo! ¡Se lo comerían! ¡Trasto necesita una familia!

—Dejad de hacer ruido. —Los mellizos estaban agotando la paciencia infinita de Dani—. ¡Los carnívoros podrían oírnos!

—Pues aplícate el cuento, que pareces una apisonadora —dijo Elena, señalando los helechos partidos que Dani iba dejando a su paso.

—¡Es para marcar el camino! —se defendió él.

Aquello no era del todo verdad. En esa zona había más vegetación y Dani no podía evitar que sus brazos y piernas se engancharan con todo.

Hacía rato que Dani ya no guiaba a los otros. Ahora todos iban detrás de Leo, que corría como un sabueso y seguía huellas de botas, restos de sangre reseca y tiras de tela arrancada por la jungla.

De repente, la vegetación desapareció y Leo frenó en seco.

Tuvo que frotarse los ojos para creer lo que estaba viendo.

En el claro que tenía delante había unas ruinas. Eran los restos de una pirámide medio oculta entre lianas y enredaderas. Tenía tres pisos, de unos dos metros de alto cada uno. Al acercarse, vio que estaba hecha del mismo material que los dientes de piedra que había encontrado en su maleta. De hecho, los bloques de la pirámide también parecían dientes.

Aquel lugar tenía el aspecto de una inmensa mandíbula de piedra.

Leo pensó lo mismo que cuando vio las pinturas de la cueva, pero fue Lucas quien lo dijo en alto:

—¿Aquí hay más personas?

Los cuatro se pusieron a escalar los peldaños.

—¿Esto tiene algo que ver con lo que había en la excavación? —preguntó Dani. Lucas iba a su lado, con Trasto en brazos—. Los símbolos de los dientes también están aquí, tallados en la piedra.

—Allí solo había algunos fragmentos. Esto parece un templo —dedujo Leo.

—Genial —comentó Elena—. No solo estamos en un mundo lleno de dinosaurios, sino que encima hay unos pirados que los adoran.

Dani se asomó al borde, observó a su alrededor y no le gustó nada lo que vio.

—Deberíamos irnos. El barro está lleno de huellas —dijo. Eran marcas de dos dedos—. Se parecen a las que había en la cueva... Las de dromi..., drume...

—Dromeosaurios. Raptores. —Leo subió corriendo los escalones que le quedaban—. ¿Tía? ¡TÍA PENÉLOPE!

Elena apareció a su espalda y le tapó la boca.

—¡No grites! Y menos si piensas que los bichos esos andan cerca.

Leo estaba pálido y tenía ganas de llorar. Le pesaba el pecho, le costaba respirar. No sentía tanta angustia desde el día en que despertó en el hospital y le dijeron que sus padres y él habían tenido un accidente. Y que solo él había sobrevivido.

Dani supo lo que tenía que hacer.

—Lucas, quédate aquí con él hasta que se calme —dijo, ayudando a Leo a sentarse en el suelo—. Elena, tú y yo vamos a echar un vistazo.

—Sí, y una mi... —protestó Elena.

—Acompáñame dentro —le cortó él, señalando a Leo con los ojos.

Elena entendió. Dani no quería que Leo fuera el primero en ver lo que aquellos animales podían haberle hecho a su tía. Los dos se miraron y, en silencio, entraron al templo mientras Lucas trataba de calmar a su amigo.

—Mira, acaricia a Trasto. Ya verás qué piel más guay.

El tricerátops acercó su cabecita cornuda a las piernas de Leo y la frotó contra ellas en busca de mimos.

—No, no, no —repetía Leo, hecho un ovillo.

Había creído que su tía estaba viva. Por un momento, al encontrar su rastro, había estado seguro de que todo iría bien. Metió la cabeza entre las piernas e intentó tranquilizarse mirando los símbolos grabados en la puerta del templo.

Y, de repente, lo vio.

Un texto distinto. Más reciente. Con símbolos que sí entendía.

«El futuro no está perdido si hay un norte al que mirar.» Su tía.

Su tía había estado allí. Había escapado. Había sobrevivido.

Y se encontraba en algún lugar al norte.

Se levantó como un rayo y tocó el mensaje con los dedos. Los ojos se le llenaron de lágrimas. Lloró en silencio, angustiado y aliviado. Mientras se sacudía, Lucas se acercó a él sin decir nada y lo abrazó con fuerza.

Un crujido entre las plantas a los pies de la pirámide hizo que Leo dejara de llorar.

—¿Qué ha sido eso? —murmuró.

—¿Elena? ¿Dani? —preguntó Lucas. Y, susurrando, añadió—: ¿Dinosaurios asesinos?

Una criatura de color marrón salió corriendo de entre los árboles y empezó a trepar por las escaleras sin parar de gritar. Lucas sacó su tirachinas y Leo agarró una rama del tamaño de una porra. Mientras la veían subir, les pareció que estaba formada de barro y rebozada en telarañas y hojas.

—¿Eso es un dinosaurio? —preguntó Lucas.

—No lo sé —reconoció Leo.

De repente, la criatura de barro los miró a los ojos, abrió los brazos y fue directa hacia ellos.

—¡RARITO! ¡ENANO! —gritó.

—¿Ca... Carla? —preguntó Lucas—. ¿Qué ha pasado?

Carla no respondió porque se había fijado en Trasto.

—¡Cuidado! ¡Un monstruo!

Leo se acercó a ella y la sujetó de los hombros.

—Es amigo nuestro —la tranquilizó—. Carla, ¿qué ha pasado? ¿Por qué has venido?

—Yo, no... Unos lagartos con plumas... Y un robot... —Sonaba como si se hubiera vuelto loca—. El profesor... El profesor me salvó... ¡Vienen a por nosotros!

—¿El profesor Arén está aquí? —preguntó Leo, intentando entenderla.

En ese momento, Elena asomó la cabeza por la puerta del templo.

—¡Leo, ven rápido! ¡Tienes que ver esto! —le pidió. Y, frunciendo el ceño, añadió—: Hola, pija. Cuánto tiempo.

Leo caminó hacia la entrada. ¿Habían encontrado más pistas de su tía? ¿Algo que indicara que estaba viva o adónde había ido? ¿Estaba su tía ahí dentro?

—¡No entres! ¡Tenemos que irnos! —repitió Carla, tirándole de la camiseta—. ¡Nos matarán!

—Tranquila, Carla. Nos marcharemos enseguida, pero ahora es mejor que estemos juntos —razonó Lucas, cogiéndola de la mano—. ¿Por qué no vienes dentro y nos cuentas lo que ha pasado?

Carla le apretó la mano con fuerza. Lucas se puso rojo como un tomate y tan nervioso que por poco se tropieza con Trasto y se cae escaleras abajo. Cuando se recuperó de la sorpresa, tiró suavemente de Carla y la guio hacia el templo.

Elena, Leo y Dani estaban en el centro de una sala vacía y rectangular, tan quietos como las seis estatuas de piedra que tenían delante. Los tótems eran casi tan altos como una persona, y Lucas pensó que le resultaban familiares. ¿Dónde los había visto antes?

—Son iguales que los dientes —susurró. Sacó el que tenía en el bolsillo y se acercó para compararlo—. Solo que en vez de tener los dinosaurios esculpidos, están dibujados. —Señaló al tricerátops grabado en la piedra junto a las extrañas runas—. ¡Mira, Trasto, un dibujo de tu mamá! ¿Te gusta?

—¿Tú sabes qué es esto? —preguntó Elena a Leo.

Él negó con la cabeza, asombrado.

—¿Y esa por qué brilla? —preguntó Dani, señalando la estatua del fondo.

El sexto tótem no se parecía a ninguno de los dientes, y brillaba con una luz azulada que iluminaba la habitación. Leo se acercó a él y se agachó para ver qué silueta tenía dibujada.

Era una criatura de cuello larguísimo y cuerpo redondeado del que surgían cuatro aletas.

—Plesiosaurios... —murmuró Leo, tocándola con suavidad.

—¡No lo toques! —gritó Carla.

—Es verdad, podría ser peligroso —dijo Dani.

—¡Guau! —Lucas parecía más emocionado que asustado—. ¿Son radiactivos?

—¡Tócalo otra vez! —exclamó Elena. Carla y Dani la miraron como si estuviera loca, pero ella insistió—: Os juro que cuando lo ha hecho mi diente ha vibrado.

Leo también lo había notado. Era como si el diente se hubiera... activado.

Buscó la estatua del estegosaurio y apoyó la palma abierta sobre ella. El resto de tótems se iluminaron inmediatamente. El que parecía un diente de terópodo se coloreó de rojo; el de tireóforo, de naranja; el de cerápodo tenía un brillo amarillo; el de saurópodo, verde; y el de pterosaurio se encendió con una luz morada, mientras que el de plesiosaurio se mantuvo de color azul.

—¡Mi diente brilla! —se asombró Dani, sujetando la figurilla en alto.

—¡Y el mío! —dijo Lucas, encantado.

—¡Apágalo, apágalo, apágalo! —suplicó Carla.

Leo intentó apartar la mano, pero no pudo. Era como si tuviera un imán. Notó que la estatua de piedra se calentaba y la figurilla de su bolsillo brillaba con más fuerza.

—¡Van a explotar! —gritó Elena.

Lo último que vieron, antes de caer desmayados al suelo, fueron cinco rayos de luz que los alcanzaron directamente en el corazón.

Nombre científico: *Ornithocheirus simus.*

Grupo: pterosaurio (no dinosaurio).

Cuándo vivió: hace 110 millones de años, Cretácico inferior.

Dónde vivió: Europa.

Alimentación: piscívoro/carnívoro.

Tamaño: 2,5 metros de envergadura.

Pterosaurio muy curioso, originalmente descrito a partir de un trozo de mandíbula en Inglaterra. Se han encontrado restos parecidos en otros lugares de Europa, y podría tener parientes en Brasil.

Otra info:

Su hocico tenía unas crestas prominentes muy características.

Los dientes de pterosaurio eran finos, perfectos para comer pescado.

Capítulo 8
EL INTERROGATORIO

Aunque trabajaba en un laboratorio, Osvaldo Arén siempre se había considerado más científico «de bota» que «de bata». Le encantaba el centro de investigación, con sus ordenadores y sus robots ayudantes, sí. Pero lo que de verdad le gustaba era excavar, desenterrar fósiles, recoger muestras. Imaginar cómo serían los dinosaurios y la naturaleza de su época. Mancharse de tierra y barro. No le importaba correr ciertos riesgos para descubrir la verdad.

Pero, cuando abrió los ojos, deseó con todas sus fuerzas volver a la limpieza y seguridad de su laboratorio. Y no salir de allí nunca más.

El profesor tenía el cuerpo encogido y las rodillas apretadas contra el pecho. No había espacio para más: su jaula era estrecha y oscura como un ataúd. Sabía que estaba en movimiento porque, de vez en cuando, la jaula temblaba y él se golpeaba la cabeza contra el techo. El suelo donde estaba sentado era blando y húmedo. El aire, denso y apestoso. Le pareció que olía a pescado. Pescado podrido y muerto.

Gritó hasta quedarse afónico, pero no hubo respuesta.

¿Dónde estaba? ¿Qué era aquel lugar? ¿Cómo había llegado allí?

Intentó recordar. Estaba con Carla en la jungla. Ella había conseguido huir cuando los utahraptores los habían atacado. Estaba seguro de que iban a devorarlo, pero ni siquiera le hicieron daño. Ahora, él estaba atrapado, y los niños solos en aquel mundo lleno de peligros.

Tenía que escapar. Tenía que ayudarlos.

Cogió aire para volver a gritar, pero entonces una de las paredes de la celda empezó a abrirse. Vio cómo los barrotes puntiagudos se separaban lentamente. El suelo tembló y lo empujó hacia delante. Cuando aterrizó en la tierra blanda y miró hacia arriba, se dio cuenta de que aquel lugar no era una jaula.

Sino la boca de un gigantesco espinosaurio.

El profesor Arén retrocedió a rastras, alejándose de aquella criatura monstruosa. Sin embargo, el dinosaurio no lo atacó. En realidad, lo miraba sin demasiado interés, con las cortas patas delanteras apoyadas sobre los nudillos, como haría un gorila. Tenía una cabeza como de cocodrilo, un cuello y una cola larguísimos y una especie de abanico de piel en el lomo, mucho más irregular de lo que el profesor había imaginado al estudiar sus fósiles. El animal bufó, dio media vuelta y avanzó torpemente hacia una laguna cercana. Luego se metió en el agua y se alejó nadando con increíble agilidad.

El profesor miró alrededor y se dio cuenta de que estaba en una cueva enorme. Era oscura, aunque no tanto como la boca del espinosaurio. El suelo y las paredes eran negros y rugosos. Vio unas grietas de bordes amarillos por las que salía un humo blanco que olía a huevos podridos. Había huesos por todas partes, algunos con pedazos de carne ensangrentada todavía colgando.

Supo que estaba cerca de un volcán. Y que aquel lugar era la guarida de un carnívoro.

Recorrió la cueva lentamente, con la espalda pegada a la pared, hasta llegar a una zona despejada y un poco menos oscura. Allí no había huesos, solo unas esculturas de piedra débilmente iluminadas por una luz roja. Tenían forma de colmillos de terópodo.

Por un momento, la curiosidad ganó al miedo.

El profesor se acercó a las esculturas para observarlas más de cerca.

—Asombroso...

Algunos de los símbolos que había tallados en la piedra eran iguales a los que había visto en la excavación del colegio, aunque no sabía qué significaban. Junto a ellos reconoció la silueta de un raptor.

Se fijó en que la extraña luz roja salía de unas grietas en el fondo de un hoyo en el suelo. Aquella especie de nido contenía un objeto ovalado, un poco más pequeño que un balón de rugby, que también tenía un brillo de color rojo.

Un huevo de terópodo.

El profesor Arén se agachó al borde del nido y extendió un brazo. No sabía por qué, pero necesitaba tocarlo.

La punta de su dedo casi rozaba la cáscara cuando, tras las estatuas, unas sombras se movieron rápidamente. En un abrir y cerrar de ojos, las tuvo encima. El profesor sintió que le temblaban las manos y le castañeteaban los dientes. Tenía tanto miedo que ni siquiera se atrevía a levantar la vista. No sabía qué criaturas eran, pero sí sabía que estaba acorralado. Esta vez no tenía escapatoria. Cerró los ojos y esperó a que le clavaran sus colmillos y garras.

—¿Essste esss el ssser insssignificante que lesss ha dado tantosss problemasss? —dijo una voz.

El profesor abrió los ojos. No podía creerlo. Los paleontólogos no habían averiguado qué ruidos hacían los dinosaurios, pero Osvaldo Arén estaba seguro de que no hablaban.

Y mucho menos en un idioma que él comprendiera.

—Jurra dice que no essstaba sssolo —respondió otra criatura, más pequeña y encorvada.

El profesor levantó la vista. Las criaturas que le rodeaban no eran dinosaurios, aunque tampoco habría

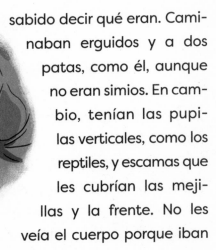

sabido decir qué eran. Caminaban erguidos y a dos patas, como él, aunque no eran simios. En cambio, tenían las pupilas verticales, como los reptiles, y escamas que les cubrían las mejillas y la frente. No les veía el cuerpo porque iban vestidos con trozos de tela oscura. Por las mangas y las perneras de sus trapos asomaban plumas. Sus dedos terminaban en garras curvas y afiladas, más gruesas en los pulgares.

No eran hombres. Tampoco eran raptores.

Eran una mezcla de las dos cosas.

El profesor Arén intentó retroceder, pegarse a la pared volcánica de la cueva. Pero, en cuanto se movió, el hombre-raptor que estaba más cerca clavó una garra en el cuello de su camisa y lo levantó en el aire sin esfuerzo.

—Esss igual que la hembra —dijo, olisqueándolo—. ¿Essstaba con ella?

Era el primero que había hablado, y el más grande de los tres. El profesor supuso que sería el líder. Se preparó para recibir un mordisco, pero lo único que sintió fue un fuerte golpe en la espalda cuando la criatura lo dejó caer al suelo.

—No —respondió el tercero, que aún no había hablado. Parecía el más joven—. Essstaba con esssto.

El hombre-raptor chilló como un animal. Los utahraptores que le habían atacado en la jungla entraron en la cueva empujando los restos de su robot. La máquina soltaba chispas, había perdido una pata y, de vez en cuando, se sacudía bruscamente. Pero aún funcionaba. El hombre-raptor sacó unos trocitos de carne de una bolsa que llevaba a la cintura y se los dio como premio a los utahraptores.

—Jurra, Rakku, Xeffir —dijo, acariciándoles la frente—. Buenosss chicosss.

Cuando volvió a chillar, los dinosaurios se marcharon. El profesor también quería huir, pero ni siquiera podía moverse. Sentía que iba a desmayarse de puro miedo. Si no lo hizo fue porque todo aquello le resultaba tan terrorífico como apasionante. Tumbado allí de espaldas, vio cómo a su alrededor, en las sombras, aparecían criaturas con las que había soñado desde niño: un baryonyx salía del lago donde había desaparecido el espinosaurio; un concavenator de lomo puntiagudo caminaba con grandes zancadas; una bandada de gallimimus emplumados corrían rápidos como avestruces; un enorme alosaurio y, a su lado, un torvo-saurio más grande todavía, avanzaban juntos. Las criaturas se colocaron alrededor del círculo y permanecieron en silencio, a la espera.

Osvaldo Arén no comprendía lo que estaba viendo. No entendía por qué aquellos animales no se atacaban los unos a los otros. ¿Y cómo era posible que estuvieran juntos? La mayoría de ellos nunca habían convivido, porque eran de épocas distintas. Al menos, en el mundo que conocía. Solo tenían una cosa en común: todos ellos eran terópodos.

¿Lo serían también aquellos tres extraños hombres-raptor?

Como si le hubieran leído la mente, avanzaron hacia él. Pasaron a su lado tan rápido que parecía que no tocaran el suelo. Se acuclillaron junto al robot, que seguía sacudiéndose y soltando chispas.

—¿Quién esss? —preguntó el líder—. ¿Cuál esss sssu clan?

—¿Clan? —repitió el profesor, sorprendido—. Él no... No está vivo.

—Pero ssse mueve —señaló el jorobado.

—Y ataca, *¡chasss!* —El más joven señaló el lugar del que había salido la red.

—No nosss engañesss —siseó el líder, olfateando el aire—. ¡Sssabemosss cuándo mientesss!

El miedo, pensó el profesor. *Huelen el miedo.*

—Esto es... Un robot —explicó—. Lo he construido para que me ayude. Sirve para explorar y defenderse. Obedece órdenes.

—Como Rakku, Jurra y Xeffir, entoncesss —dedujo el jorobado.

El hombre-raptor más joven parecía interesado, pero el líder rugió con impaciencia. Los otros dos se apartaron para dejarle pasar. El líder rebuscó algo entre sus ropas y se lo lanzó al profesor Arén.

Una mochila verde con el símbolo rojo de Zoic.

—¡Basssta! —ordenó—. ¡Queremosss lo que tiene la hembra!

La hembra.

Aquella era la mochila de Penélope.

—¿Qué habéis hecho con ella? —preguntó el profesor Arén con voz temblorosa—. ¿Dónde está?

El jorobado emitió un sonido que podía ser una risa.

—¡Essso queremosss sssaber!

—Yo... Yo no sé dónde está. Hace dos meses que desapareció. Yo ni siquiera sabía que este sitio existía...

—¡Mientesss! —siseó el líder, acercando su hocico al profesor y examinándole con sus ojos de reptil—. Eresss trampossso, como ella.

—¡No miento! —se defendió el profesor Arén—. ¡No sé de qué me estáis hablando, os lo juro!

El líder hizo un gesto al más joven. La criatura se agachó junto a una de las estatuas y sacó una cajita de piedra. En la tapa tenía los mismos símbolos que había en las estatuas que los rodeaban, y también en la excavación del colegio. La abrió para mostrar que estaba vacía.

—Ella losss ha robado. ¡Ssson nuessstrosss! ¡Nosss pertenecen! —dijeron los tres a la vez. El líder enseñó los dientes amenazadoramente—. Dinosss dónde esssstá.

—¡No lo sé, no lo sé! —gimió él—. ¡Os juro que no lo sé!

—¡Entoncesss no nosss sssirvesss! —rugió el líder, lanzándolo al suelo, muy cerca del huevo luminoso.

Hizo otro gesto, y el joven y el jorobado abrieron la boca en una sonrisa llena de colmillos puntiagudos. Cuando se echaron las mangas hacia atrás, el profesor vio sus afiladas y terroríficas garras, listas para atacar. Pensó en Leo, en Penélope y en cómo les había fallado. Tragó saliva.

Los hombres-raptor levantaron las zarpas en el aire y...

Una pareja de troodones entraron a la carrera en el círculo de luz roja y empezaron a chillar algo. Llega-

ban aproximadamente a la cintura de los hombres-raptor, y tenían plumas en los brazos y la cola.

—¿Qué? ¿Másss cómo él? —preguntó el joven, sorprendido. Se agachó para darles un trocito de carne.

—¿Niñosss? —dijo el jorobado—. ¿En el templo?

¡Los niños estaban vivos! El alivio que sintió el profesor desapareció cuando se dio cuenta de que sus alumnos corrían peligro.

—¿Dessspertado? —rugió el líder, que parecía entender los ruidos que hacían los troodones—. ¡Malditosss sssean! ¡TRAÉDMELOSSS!

Los tres hombres-raptor chillaron con furia, y todos los dinosaurios que los rodeaban echaron a correr en la misma dirección, hacia la entrada de la cueva.

—¡No! ¡Dejad a los niños! —gritó el profesor Arén—. ¡Ellos no tienen nada que ver!

Los hombres-raptor no se molestaron en contestarle. Lo lanzaron a una jaula hecha de huesos que se cerró con un chasquido, como una mandíbula.

El profesor se agarró a los barrotes de hueso y gritó, gritó y gritó, pero no podía hacer nada. Poco después, la cueva quedó en silencio. Estaba prisionero en aquella jaula maloliente, acompañado únicamente por los restos del robot.

Y por el misterioso brillo rojo que surgía del huevo.

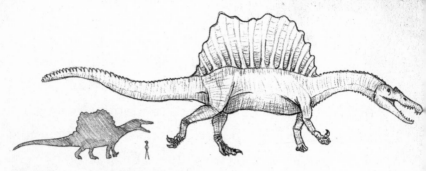

Nombre científico: *Spinosaurus aegyptiacus.*

Grupo: terópodo, espinosaurio.

Cuándo vivió: hace 100 millones de años, Cretácico inferior.

Dónde vivió: Marruecos y Egipto, África.

Alimentación: piscívoro/carnívoro.

Tamaño: más de 15 metros de largo.

Uno de los terópodos más extraños. Poseía una vela y un hocico alargado como el de los cocodrilos. Es el primer terópodo adaptado a una vida anfibia, sin contar con las aves acuáticas.

Otra info:

Sus manos tenían una garra de gran tamaño.

Su cráneo y sus dientes recuerdan a los de los cocodrilos.

Capítulo 9

PANGEA

Elena se sentía como si le hubieran hecho un placaje. Uno de los gordos. Le dolía la cabeza, no podía abrir bien la mandíbula y veía borroso. Por eso tardó en darse cuenta de que no estaba tumbada en el campo de rugby. Estaba en el templo de los pirados adoradores de dinosaurios de aquel mundo loco. Lo último que recordaba era que el dinolistillo había toqueteado las estatuas y la sala se había llenado de una luz roja. Nada más.

Levantó la cabeza y vio que estaba tumbada en el suelo de piedra junto a Leo, Carla, Dani... y Lucas. La cría de tricerátops intentaba despertar a su hermano con unos suaves cabezazos, pero él seguía inconsciente.

Porque solo estaba inconsciente, ¿verdad?

Elena no se asustaba fácilmente, pero en ese momento notó un sudor frío. Se levantó como pudo y avanzó a cuatro patas hacia su mellizo. Le temblaba todo el cuerpo. Tenía las mejillas mojadas de lágrimas. Se frotó los ojos con las manos, intentando contenerlas.

—¡Lucas, despierta! —dijo, sacudiéndole con suavidad—. ¡LUCAS!

Al ver que Elena agitaba a su humano adoptivo, la cría se lanzó contra ella, y le clavó sus tres cuernecitos en el culo.

—¡Ay! —gritó ella, dándole un manotazo—. ¡Aparta, bicho!

—No... le hables así... a Trasto —balbució Lucas.

Elena se secó los ojos rápidamente y le golpeó cariñosamente en el hombro.

—¡Me habías asustado, idiota!

—¿Estabas llorando por mí? —preguntó él, divertido.

—Tú te flipas —respondió ella, cruzándose de brazos.

—Pues tienes los ojos rojos.

Elena volvió a frotárselos, enfadada..

—Tú también. Ha sido culpa de ese rayo. Y el rayo ha sido culpa de Leo. —Elena se acercó hasta él y lo sacudió con el pie—. ¡Eh, tú, frikisaurio! ¿Qué has hecho?

—¿Y-yo? Yo no he hecho nada —despertó Leo, atontado..

—¡Ahora no te enfades con él! —lo defendió Lucas, poniéndose de pie—. ¡Fuiste tú la que quiso que tocara la estatua!

—¿Vosotros también os notáis raros? —preguntó Dani, que se había despertado con los gritos. Se tocaba los brazos y las piernas como si no fueran suyos.

—¡Pues claro! —saltó Elena, cada vez más enfadada—. ¡Me noto rara porque este friki acaba de electrocutarme!

Lucas se acercó al tótem más cercano, que ahora brillaba de color amarillo.

—No creo que aquí haya electricidad —dijo, buscando enchufes. Cuando notó la mirada asesina que le lanzaba su hermana, dio un paso atrás—. Tranqui, fiera, que no voy a tocar nada.

Dani levantó la mano para enseñarles su diente de saurópodo. Brillaba con una luz verde, idéntica a la de la estatua de piedra que tenía al lado.

—Entonces, ¿por qué brillan?

—No... No lo sé... —murmuró Leo—. El mío ahora es de color naranja.

El dolor de cabeza no le dejaba pensar. Cerró los ojos para ver si se le pasaba. Cuando empezaba a encontrarse mejor, un chillido se clavó en sus oídos como una aguja.

Carla acababa de despertarse. Estaba tan asustada como despeinada. Tenía los ojos como platos y la boca abierta en un grito que no terminaba nunca.

—¡Ya está la pija dando la nota! —resopló Elena—. No eres la única a la que le han frito el cerebro, ¿sabes?

—¡La culpa es tuya, cabezota! —la acusó Carla, apuntándola con el dedo—. ¡Y del rarito, por hacerte caso! ¡Y del enano, por escaparse! —Se giró hacia Dani—. ¡Y tuya, mastodonte, por prometerme que ibais a volver!

Dani levantó sus grandes manazas, intentando tranquilizarla.

—Carla, cálmate. Por favor.

—¡No! —gritó ella, cruzándose de brazos en el centro de la sala vacía—. Nunca tendríamos que haber venido a este lugar. Por vuestra culpa, unos bichos con plumas se han comido al profesor Arén.

Leo se puso pálido.

—¿Se... se lo han comido?

Carla bajó la mirada. Ya no tenía ganas de gritar.

—Cuando vi que no veníais, fui a buscarle. Luego volvimos a la cueva con un robot de expediciones y seguimos vuestras huellas por la jungla, pero esos monstruos aparecieron de repente y nos atacaron. El robot nos protegió y yo conseguí huir, pero el profesor, no. No sé qué pasó después.

—¡Tenemos que encontrarle! —decidió Leo—. ¿Sabrías volver a ese lugar?

Carla retrocedió, asustada, se subió a una especie de repisa de piedra que rodeaba la sala y se quedó allí, encogida y posada como un buitre.

—¿Estás loco? —Le temblaba la voz—. ¡Tenemos que volver a casa!

—El profesor Arén es la única persona que puede ayudarnos a volver a casa, Carla —insistió Leo—. Primero hay que encontrarle a él.

139

—¡Dices eso porque no tienes padres! ¡Y ahora tampoco tienes tía! —le soltó ella—. ¡Y porque, si el profesor no está, no tendrás a nadie que te cuide!

Sus palabras fueron una bofetada para Leo. Volvió a sentir la cabeza y los hombros pesados, y un fuerte calor en el pecho. Parpadeó para aguantarse las ganas de llorar.

Lo que Carla había dicho era cruel, pero también era verdad. Leo quería buscar al profesor por motivos egoístas, no porque fuera lo más seguro. Tendría que haberse dado cuenta él solo, pero era como si tuviera una piedra en vez de cerebro. Era incapaz de pensar con claridad.

Se hizo un silencio incómodo. Finalmente, Lucas dijo:

—Si seguimos el rastro de Carla y conseguimos llegar al lugar del ataque, podríamos...

—Ni hablar, hermanito —se plantó Elena—. Por una vez, estoy de acuerdo con la pija: primero tenemos que salir de aquí.

—Yo me quedo —dijo Leo, testarudo.

—¡Estás empezando a hartarme, cerebrito! —La voz de Elena sonó como un rugido—. ¡Tu tía y el profesor están muertos!

—¡Elena! —la riñó Lucas.

—¡Nadie se atreve a decirlo, pero es la verdad! —estalló—. Si quieres quedarte aquí, tú mismo. Pero los demás nos largamos.

—¡Yo me quedo con él! —se enfrentó Lucas.

Elena no respondió. Agarró a su hermano de un brazo y lo arrastró hacia la puerta. Mientras Lucas se retorcía y tiraba en dirección contraria, Elena le hizo un gesto a Carla para que bajara de la repisa y los siguiera.

Pero había una muralla humana que no le dejaba salir del templo.

Dani.

—Apártate —gruñó Elena, enseñando los dientes.

—No —respondió él, dando un pisotón en el suelo.

Las paredes del templo vibraron como si hubiera un terremoto. Elena miró hacia arriba y le dio la impresión de que la cabeza de Dani casi llegaba al techo. De repente, su amigo parecía mucho más grande de lo normal.

—No vamos a separarnos —continuó el gigante, dirigiéndose a Elena—. Y tampoco a buscar a nadie —ahora miró a Leo—. Primero, vamos a volver a casa. Juntos. Y luego vamos a pedir ayuda para encontrar al profesor y a tu tía.

Sus palabras retumbaron en la sala de piedra. Todos, hasta Elena, tuvieron que reconocer que aquel era el mejor plan. Obedientes y en silencio, se colocaron en fila india y salieron del templo.

—Eso antes no brillaba, ¿no? —preguntó Lucas.

Volvieron la cabeza. De las grietas que había entre los bloques de piedra y las ruinas brotaba una luz blanca. Su brillo se mezclaba con el arcoíris de los tótems iluminados.

El templo parecía estar vivo.

—Esperad, por favor —pidió Leo, agachándose junto al marco de la puerta.

Los demás no creían que su tía estuviera viva, pero ellos no la conocían. Leo aún tenía esperanza. Estaba bien, podía sentirlo. Cogió una piedra afilada y raspó la piedra caliza justo debajo del mensaje que su tía había dejado para él.

«Nunca perderé el norte, tía Penélope.»

Los demás lo miraron en silencio. Después, bajaron de la pirámide y se acercaron a los árboles que la rodeaban. Mientras Dani se adentraba en la jungla en busca de un rastro que los llevara a casa, Carla señaló hacia el borde del claro.

Unos helechos se movían muy cerca de ellos.

—¿Qué es eso? —preguntó, escondiéndose detrás de Lucas.

Entre los equisetos asomaron unos animalillos que caminaban a dos patas y tenían plumas en la coronilla.

—Troodones —susurró Leo, apartándose despacio.

Elena, en cambio, avanzó y se agachó para quedar a la altura de los animales.

—Cuidado —murmuró Leo—. Son pequeños, pero carnívoros y peligrosos.

—No seas cagueta, dinolistillo —respondió ella.

Elena miró a los ojos grandes e inteligentes de los troodones durante unos segundos. Luego hizo un gesto con la mano y los animales volvieron a la jungla. Cuando se levantó, vio que la cría de tricerátops se había escondido detrás de su hermano.

—¿Cómo has hecho eso? —preguntó Lucas, alucinado.

—Claramente, esos bichos son más listos que tu perrosaurio —sonrió ella—. Saben que es mejor no meterse conmigo.

—Chicos —los llamó Dani—, es por aquí.

Los cinco echaron a andar. Al principio, Dani iba a la cabeza, haciendo retumbar el suelo con sus pasos de elefante mientras seguía el rastro que había dejado Carla. Pero Elena no tardó en intentar adelantarlo. Aunque no tenía ni idea de cómo seguir un rastro, no soportaba que Dani controlara la situación.

—Esta vez vas a tener que dejar que el juego lo dirija el número 4 —sonrió el gigante.

Detrás de ellos, Carla caminaba abrazada a sí misma y con la vista clavada en el cielo. En las alturas, tres enormes criaturas volaban con elegancia entre las nubes. Llevaban siguiéndolos desde que habían dejado la pirámide.

—¿Te gustan? —le preguntó Lucas, ofreciéndole su catalejo—. Leo, ¿qué son?

—Son ornitocheirus —se adelantó Carla—. Y son preciosos.

En otro momento, Leo se habría quedado impresionado, pero estaba demasiado fascinado con la pareja de criaturas que caminaban a su lado entre la vegetación.

—¿Son estegosaurios? —preguntó Lucas, curioso, al ver las placas triangulares que sobresalían de su lomo.

—Creo que son dacentrurus —respondió Leo—. Tienen el cuello más largo y las placas más ordenadas y pequeñas. Aunque también podrían ser miragaia...

Caminaron durante horas. Al principio estaban asustados y alerta, pero al cabo de un rato quedó claro que las criaturas no querían hacerles daño.

—¿Queda mucho? —preguntó Lucas.

—No estoy seguro —reconoció Dani—. Pero vamos por buen camino.

—Podríamos parar a descansar un rato —sugirió el pequeño inventor. Cuando vio que Elena le ponía mala cara, añadió—: Es por Trasto. Es pequeño, y ya no puede más.

El animalillo, que se había pasado todo el camino correteando junto a Lucas, se echó en el suelo en cuanto le escuchó hablar.

—Tu perrosaurio es igual de liante que tú... —protestó Elena.

Elena también se quejó mientras los cinco se sentaban sobre una roca a comerse los bocadillos que Lucas llevaba en su mochila. Y volvió a hacerlo cuando dos parejas de herbívoros se acercaron a curiosear. Unos medían unos seis metros de alto, caminaban a cuatro patas y tenían el cuello y la cola larguísimos.

Los otros se apoyaban sobre las patas traseras y tenían una pequeña cresta en la cabeza.

—¡Fuera de aquí, bobosaurios! —les dijo, agitando los brazos.

Las criaturas se apartaron, asustadas.

—¡No los espantes! ¡Los diplodocos son muy bonitos! —se emocionó Dani, mirando a los que tenían el cuello largo.

—Son muy pequeños para ser diplodocos —explicó Leo—. Deben de ser europasaurus, una especie de saurópodo «enano» que vivió durante el Jurásico, igual que los dacentrurus de antes.

Dani arrancó unas cuantas hojas de helecho y se las ofreció a los dinosaurios. Los animales las cogieron con la boca y se las tragaron sin masticar. Al echarse hacia atrás, uno de ellos estuvo a punto de pisar a Trasto, pero la cría de tricerátops consiguió escurrirse a tiempo.

—Me gustan —rio Dani, acariciando la piel rugosa de uno de ellos—. Son como yo.

Luego se subió a Lucas a hombros para que pudiera alimentar a los que tenían cresta. Estos sí masticaron las hojas, haciendo un movimiento muy raro con la mandíbula.

—¿Cómo se llaman? —preguntó Lucas, embelesado.

—Parecen arenysaurus. Vivieron a finales del Cretácico.

—Pero has dicho que los bichos de antes eran del Jurásico —señaló Elena—. Aclárate, Frikisaurio.

—Aquí hay dinosaurios de todos los lugares y las épocas —respondió Leo, pensativo—. Es como si aquí los continentes nunca se hubieran separado, como si nunca hubiera habido ningún meteorito y los dinosaurios no se hubieran extinguido.

—Entonces, ¿dónde estamos? —preguntó Carla, sin apartar los ojos del cielo.

Leo se encogió de hombros.

—No lo sé exactamente. Yo lo llamaría Pangea.

Nombre científico: *Dacentrurus armatus.*

Grupo: tireóforo, estegosaurio.

Cuándo vivió: hace 150 millones de años, Jurásico superior.

Dónde vivió: Europa.

Alimentación: fitófago (herbívoro).

Tamaño: 6-7 metros de largo.

Estegosaurio más abundante en Europa a finales del Jurásico. Descubierto en Inglaterra y muy abundante en yacimientos de la península ibérica.

Otra info:

Las huellas de estegosaurios se parecen a las de los saurópodos, pero tienen tres dedos y son alargadas.

Los dientes de estegosaurios tienen una corona bajita con pequeños «dentículos» en el borde.

Capítulo 10

VUELTA A CASA

—¿Seguro que no nos hemos perdido? —Elena ya había preguntado lo mismo unas cien veces.

—Completamente —respondió Dani, paciente—. El rastro de Carla se cruzaba con el de la estampida, y hemos dejado atrás el lago hace rato. No puede faltar mucho.

—Esto me suena —dijo Carla, arrugando la nariz. Estaba a medio metro de la caca gigante que el profesor Arén había olido con tanto entusiasmo—. La cueva tiene que estar cerca.

Lucas extendió su catalejo-trompetilla y miró hacia el horizonte.

—¡Sí, está allí arriba! —exclamó, señalando hacia lo alto de la pendiente.

—¡Genial! —se entusiasmó Elena—. Estoy deseando deshacerme de nuestros guardaespaldas.

Miraron a su alrededor. Los dinosaurios no se habían separado de ellos en todo el camino. Se mantenían a pocos metros de distancia, rodeándolos en una especie de círculo del que no les permitían salir. El trío de ornitocheirus protestaba cada vez que Carla se retrasaba; la pareja de dacentrurus no le quitaba ojo a Leo y los europasaurus y arenysaurus abrían camino a Dani y Lucas a través de la jungla.

Era como si quisieran protegerlos.

Lucas estaba agotado, pero recuperó todas sus energías al ver la entrada de la cueva. Iba a correr cuesta arriba con Trasto cuando su hermana le agarró del cuello de la camiseta.

—Eso también va por ti —le dijo, señalando a la cría—. Es hora de despedirse.

Lucas se quedó de piedra. Se le llenaron los ojos de lágrimas y el flequillo, siempre de punta, se le dobló como una flor pocha. Trasto se escondió detrás de sus piernas y gimió con tristeza.

—No me mires así —se disculpó Elena—. Te lo llevo diciendo todo el día: no puedes quedarte con él.

—Pero es muy pequeño. Y está solo en el mundo.

Lucas miró a Leo. Esperaba que se pusiera de su parte, pero su amigo negó con la cabeza.

—No podemos llevárnoslo. Tendríamos que dar demasiadas explicaciones. Además, ¿tú sabes el tamaño que tiene un tricerátops adulto?

Lucas pensó durante un segundo.

—Cuatro metros y medio de alto y hasta diez de largo. —Lucas agachó la cabeza con tristeza—. Lo dijiste en el centro de investigación.

—¿Y qué piensas hacer cuando crezca?

Los ojos de Lucas se desbordaron con lágrimas de pena y rabia.

—¡Pero no podemos abandonarlo! —protestó.

—Podemos dejarlo con ellos. —Leo señaló a los dinosaurios que los habían acompañado hasta allí—. Muchos herbívoros viajaban juntos y compartían hábitat. Lo llevarán con ellos y, cuando se crucen con una manada de tricerátops, lo dejarán a su cuidado.

—¿De verdad? —Lucas se quitó las gafas y se secó los ojos con la manga.

—Yo también soy un niño perdido, ¿recuerdas? —respondió Leo—. Nunca te mentiría en algo así.

Lucas se agachó, levantó a Trasto de las patas delanteras y lo abrazó con fuerza. Después, Leo lo cogió

en brazos con el mismo cuidado que si fuera un bebé humano y lo colocó junto a las patas de los dacentrurus. Cuando miró a los ojos de los dinosaurios, tuvo la sensación de que entendían todo lo que estaba pasando. Así que, aunque al principio se sintió un poco tonto, decidió hablarles:

—Cuidad de él hasta que encuentre una familia de su especie —les pidió.

Acarició la cabeza de los tireóforos. Y, tratando de no volver la vista atrás, corrió detrás de sus amigos pendiente arriba.

Aún no habían llegado a la mitad cuando Carla empezó a jadear.

—No puedo más... —dijo, parándose con los brazos en jarras.

Elena se giró hacia ella con una sonrisilla.

—Además de para hacer el bruto, jugar al rugby sirve para estar en forma, ¿sabes?

—¡Vale, vale! —Carla puso los ojos en blanco—. No hace falta que me lo restrieg...

—Calla.

Elena le tapó la boca y miró hacia los árboles. Estaba tensa, con los dientes apretados y los puños cerrados. Había escuchado algo. Y no era la única. Por debajo de ellos, los dinosaurios que les habían acompañado se revolvían, inquietos.

Asustados.

—¿Qué pasa? —preguntó Dani.

—¿No lo oís?

No lo oían, pero lo vieron salir de un salto de la jungla: tres utahraptores, de la estatura de una persona y con plumas en el cuerpo, y dos concavenators un poco más altos y mucho más fuertes.

—¡Los monstruos! —gritó Carla—. ¡Corred!

—¡No! —Leo extendió los brazos—. ¡Daos las manos, haced un círculo y agachaos!

Los concavenators subieron la pendiente corriendo sobre sus pesadas patas, y los raptores se plantaron delante de ellos de un salto. En cuestión de segundos, estuvieron rodeados. Leo sabía que no tenían posibilidades de huir, y mucho menos cuesta arriba. Su única esperanza era que los depredadores no los vieran como una amenaza. Y, sobre todo, que no tuvieran hambre.

—No los miréis a los ojos —susurró—. Y no os mováis.

Mientras los utahraptores montaban guardia, uno de los concavenator se acercó, haciendo vibrar el suelo. Leo no lo miró, pero podía ver su sombra, que agachaba la cabeza para olfatearlos. Las plumas que colgaban de su antebrazo se agitaban con sus movimientos. Por el rabillo del ojo también vio la cresta de su lomo.

Los niños sudaban y temblaban, pero intentaban hacer lo que Leo les había pedido.

—Muy bien. Seguid así...

El depredador fue olfateándolos uno a uno. Cuando llegó frente a Elena, se detuvo.

Ella se puso tensa.

—Tranquila, Elena —suplicó Leo—. Quieta.

Elena quería hacerle caso, pero no podía. Algo se había encendido en su interior. Levantó la vista, enseñó los dientes y miró al concavenator directamente a los ojos.

—¡ATRÁS! —rugió.

Leo estaba seguro de que iban a devorarlos pero, para su sorpresa, el concavenator retrocedió un paso. Se giró hacia los demás y dejó escapar un sonido extraño. Los carnívoros se movieron, inquietos, y se miraron unos a otros.

Parecían confundidos.

Leo observó a Elena, que seguía con la vista clavada en los depredadores, desafiante. Recordó que había hecho lo mismo con los troodones al salir del templo. Por algún motivo, los terópodos parecían... respetarla.

Un sonido musical, parecido al que haría una tuba, hizo que se le pusieran los pelos de punta. Leo estaba bastante seguro de que ese sonido era típico de unos herbívoros llamados parasaurolophus. A sus espaldas, la manada de dinosaurios que los había protegido en la jungla se puso en marcha, y se dirigió directamente hacia ellos.

De alguna manera, Leo supo que venían a ayudarlos.

Los animales eran más lentos y menos agresivos, pero también más numerosos: tres criaturas voladoras, cuatro grandes herbívoros y dos acorazados. Se colocaron frente a los depredadores, formando una barrera delante de los niños. Nueve contra cinco.

Bueno, más bien diez.

—¡Trasto, no! —gritó Lucas cuando vio que la cría corría decidida hacia él—. ¡Es demasiado peligroso!

La cría notó la angustia en su voz y obedeció inmediatamente. Uno de los saurópodos lo empujó suavemente con la cola y lo puso a salvo tras una roca.

Los utahraptores fueron los primeros en atacar. Sacaron las garras y se lanzaron sobre uno de los dacentrurus. Leo observó con orgullo cómo las gruesas y afiladas placas protegían el lomo del tireóforo de sus arañazos y mordiscos. *¡La cola!,* pensó. *¡Usa la cola!* Y, como si le hubiera leído el pensamiento, el otro dacentrurus giró sobre sí mismo y empezó a dar coletazos a los raptores que atacaban a su compañero.

—¡Aaahhh! —aulló entonces Carla, aterrorizada.

Leo temió que un concavenator la hubiera atrapado, pero lo que vio le asombró aún más. Uno de los ornitocheirus había cogido a Carla por la cintura con su poderoso pico y la estaba llevando a lo alto de una roca.

—¡Ni se te ocurra tirarme al barro! —gritó ella, desde las alturas.

Los otros dos pterosaurios atacaron a uno de los concavenator mientras los arenysaurus le cerraban el paso. Por su parte, los europasaurus avanzaron lentamente por el terraplén de barro y rodearon al otro concavenator. Sus mordiscos no lograban alcanzarles porque ellos lo mantenían alejado y lo golpeaban con la cola.

—¡Muy bien, chicos! —los animó Dani.

El concavenator tropezó con la cola de uno de los saurópodos y cayó al suelo, aturdido.

Los ornitocheirus aprovecharon para lanzarse a por uno de los dos raptores que aún quedaban sobre el lomo del dacentrurus. Lo agarraron del cuello y de la cola con el pico y lo lanzaron contra el carnívoro que estaba en el suelo. El raptor y el concavenator que quedaban en pie estaban en clara desventaja.

Leo no podía creer lo que veía: herbívoros enfrentándose a carnívoros, terópodos colaborando entre sí y pterosaurios salvando a seres humanos. Nada de aquello tenía base científica. Más bien parecía cosa de magia, y Leo no creía en la magia.

Él creía en la ciencia.

—¡Rápido! —exclamó Dani, haciéndoles un gesto a los demás—. ¡A la cueva!

—¿Trasto? —gritó Lucas, buscándolo con su catalejo—. ¡Trasto! ¿Dónde estás?

—¡No hay tiempo para eso! —dijo su hermana, incorporándose de un salto mucho más ágil de lo normal.

Carla desplegó los brazos como si pudiera volar, saltó de la roca y aterrizó con elegancia junto a los demás. Cuando echó a correr, parecía que no tocara el suelo. Leo iba tras ella, moviendo una rama igual que los dacentrurus agitaban su cola. Dani era el último. Seguía siendo el más lento, pero en los últimos minutos parecía haberse hecho más grande todavía. Cada una de sus zancadas equivalía a varios pasos de los demás.

Cuando llegaron a la cueva, en Pangea estaba anocheciendo. Los rugidos y bramidos de los animales que luchaban en el terraplén daban aún más miedo entre las sombras. Dani borró sus huellas barriendo el suelo con un helecho gigante. Después, arrancó varias ramas del ginkgo más cercano y las usó para camuflar la entrada al túnel.

—Eso tiene que pesar muchísimo... —murmuró Lucas.

—No tanto —respondió Dani, adentrándose en la oscuridad—. ¡Vamos!

Supieron que estaban en casa cuando los misteriosos relámpagos volvieron a deslumbrarles. Unos pasos más allá, una débil luz anaranjada les avisó de que, en su mundo, estaba amaneciendo.

Salieron de la cueva en silencio, de uno en uno. Estaban otra vez en la excavación de Zoic, frente a la puerta a Pangea. Dani tiró de ella para cerrarla, y Lucas desordenó rápidamente los símbolos de la rueda. Por último, Carla y Elena empujaron la espiral para volver a encajarla en la piedra y Leo echó tierra por encima para disimularla.

160

Lo habían conseguido.

Estaban en casa.

A la luz del amanecer, con la entrada cerrada, todo parecía lejano, una pesadilla. Leo miró a los demás. Estaban sucios, agotados y llenos de rasguños.

Pero a salvo.

—No podemos hablar con nadie de esto —dijo, mirando la puerta oculta—. Pensarían que estamos locos. Primero tenemos que decidir qué hacer.

Nadie respondió. Esta vez, Carla fue la primera en adentrarse en el bosque a toda prisa, sola y llorando. La siguió Elena, que cogió a Lucas de la mano y lo arrastró hacia el edificio del colegio. Dani miró la puerta, miró a Leo, y se alejó pesadamente.

Leo permaneció en silencio frente a la excavación durante unos minutos. Lo que habían vivido era real. Al otro lado de esa puerta había otro mundo. Un mundo que jamás hubiera podido imaginar.

Pangea.

Y las dos únicas personas que le quedaban en la vida estaban atrapadas dentro.

Nombre científico: *Europasaurus holgeri.*

Grupo: saurópodo, macronario.

Cuándo vivió: hace 150 millones de años, Jurásico superior.

Dónde vivió: Alemania, Europa.

Alimentación: fitófago (herbívoro).

Tamaño: 6 metros de largo.

Es uno de los saurópodos más pequeños que se conocen, considerado un «saurópodo enano». Es pariente cercano de los gigantescos braquiosaurios. Se encontró en Alemania.

Otra info:

Su cráneo es muy parecido al de sus parientes braquiosaurios.

Sus dientes tenían una corona alargada.

Las huellas de saurópodo son grandes y redondeadas, a veces muestran los dedos marcados. Las huellas de sus patas anteriores tienen forma de media luna.

Capítulo II

LOS SUPERSAURIOS

¡PUUUUUHHHPUUUUUUHHH!

El grave sonido de una tuba despertó a Leo. No sabía cuánto había pasado desde que había cerrado los ojos. Los hombros y los brazos le pesaban muchísimo. Por un segundo creyó que seguían en Pangea. No entendió dónde estaba hasta que sus compañeros de cuarto empezaron a protestar.

—¿Le has vuelto a cambiar el sonido a esa cosa, Lucas? —gruñó alguien.

—¡Ese ruido es todavía peor que el anterior! —se quejó otro.

Leo se levantó de golpe y buscó a Clocky por el suelo de la habitación, pero el despertador no estaba rodando por allí. Estaba apagado sobre la mesilla de su creador.

Lucas estaba sentado en la cama, hecho una bola y rojo como un tomate. Miraba a Leo, asustado, tapándose la boca y la nariz. Cuando apartó la mano, la tuba volvió a sonar, y Leo se dio cuenta de que aquel ruido no estaba haciéndolo ningún aparato.

Aquel sonido, tan parecido al que hacían los arenysaurus, venía del propio Lucas.

—¡Lucas! ¿Estás bien?

Su amigo no contestó. Miró a Leo, confundido, y bajó de la cama de un salto. Había dormido con la ropa del día anterior, así que ni siquiera tuvo que cambiarse. Aterrizó sobre sus zapatillas con ruedas, dio un taconazo y salió disparado de allí. A medida que se alejaba, el sonido fue apagándose hasta que, al final, desapareció por completo.

Leo se volvió hacia Dani en busca de ayuda, pero Dani no estaba para ayudar a nadie. Agitaba los brazos y las piernas como una tortuga panza arriba porque no podía levantarse. Su cama se había partido por la mitad y él estaba encajado dentro, con el culo en el suelo. Cada vez que se movía, el desastre era mayor.

Dani siempre había sido muy grande. Pero, desde que habían vuelto de Pangea, era como si tuviera el cuello, los brazos y las piernas más largos y gruesos. Leo se acercó corriendo a ayudarle. Su mano era minúscula comparada con la del gigante, y por un segundo tuvo miedo de que se la rompiera de un apretón.

—No me extraña que se haya roto la cama —dijo Leo, tirando de él—. Estás enorme.

—Pues no te lo vas a creer, pero yo me siento más ligero —respondió Dani, cuando al fin pudo levantarse.

Leo, en cambio, se sentía más pesado. Le dolía la cabeza, y notaba una carga enorme en la espalda y los hombros. Pensó que sería por la tensión. Si después de clase le seguían doliendo, pasaría por la enfermería.

Ahora tenía cosas más importantes de las que ocuparse.

Tenía que encontrar a Lucas, a Elena y a Carla. Sospechaba que no iban a querer hablar de lo que había pasado, pero le daba igual. Tenían que idear un plan para rescatar a los que se habían quedado atrás.

El profesor Arén. Su tía.

Su familia.

—Dani, ¿me acompañas a buscar al resto?

—Claro, vamos.

Conseguir que Dani se vistiera fue una aventura. El gigante arrastró dos camas y una fila entera de mesillas de noche y rompió dos lámparas, haciéndolas puré de bombilla. Rompió dos pantalones y, finalmente, encontró unos elásticos que consiguieron aguantar.

—Igual sí que estoy más grande —reconoció, agarrando el pomo de la puerta. Al tirar, arrancó la puerta entera—. Y más... fuerte.

Tardaron muchísimo en llegar al pasillo. Dani caminaba muy despacio, pegado a la pared para no chocar con nadie. Iba con tanto cuidado que no se fijó en la hilera de armarios de metal que tenía al lado. Sin querer, los empujó con el hombro, y los hizo caer uno detrás de otro como fichas de dominó. El último se estrelló con un ruido metálico contra la espalda de Leo.

Dani se preocupó al ver que la taquilla estaba abollada.

—¡Leo! ¿Te he hecho daño?

—N-no... —respondió él, sorprendido.

El gigante se acercó para asegurarse de que estaba bien. De repente, abrió mucho los ojos. Empezó a tocarle con los dedos, con las manos y, luego, golpeó su espalda como si llamara a una puerta.

¡TOC, TOC!

—Leo, no te asustes. Pero tienes la espalda dura como una piedra y llena de pinchos.

Leo sintió un escalofrío. Fue corriendo al baño, se quitó la camiseta, llena de agujeros, y se miró al espejo. No había ninguna señal de que acabara de caerle un armario encima. En cambio, descubrió que su espalda estaba recubierta por una especie de caparazón con púas, parecido a una coraza.

O a las placas del lomo de un tireóforo.

De repente, notó un movimiento en el exterior y se asomó a la ventana del baño. Lucas atravesaba corriendo el jardín que separaba los dormitorios del edificio del comedor mientras Gabi y sus matones lo perseguían. Leo se puso el polo a toda prisa, dispuesto a ayudarle. Pero, entonces, Lucas hizo algo asombroso: se encogió frente a uno de los setos, cerró los ojos...

Y desapareció.

Los matones miraron alrededor, desconcertados. No podían creer que su víctima se hubiera esfumado sin más. Buscaron por todas partes, pero al final se cansaron y se marcharon.

—¿Cómo...? —se le escapó a Leo.

Alucinado, fue a buscar a Dani al pasillo y lo arrastró al jardín. Caminaron lo más rápido que el gigante podía correr sin destrozar el colegio entero. Leo se acercó al seto donde había visto desaparecer a su amigo, extendió la mano y lo llamó con suavidad:

—¿Lucas?

Lucas estaba cubierto de franjas de color verde y marrón, igual que la planta que tenía detrás. Leo sabía que estaba allí, sino habría sido imposible encontrarle. Cuando oyó la voz de su amigo, Lucas abrió unos ojillos curiosos y asustados. Después aparecieron su ropa, sus gafas, su pelo, su piel.

—¡Ostras! —dijo Dani—. ¡Ese invento del camuflaje sí que mola!

—¿Invento? —preguntó Lucas, sin saber a qué se refería—. ¿Camuflaje?

Leo iba a explicárselo todo cuando una teja cayó del cielo y se le partió en la coronilla.

—¡Leo! —gritó Lucas, preocupado—. ¿Estás bien?

Leo asintió con la cabeza.

No había notado absolutamente nada.

—¡Enano! ¡Mastodonte! ¡Rarito! —les llamó una voz conocida—. ¡Socorro!

Los tres miraron hacia arriba. Carla estaba subida a lo más alto del tejado. El pelo y la ropa se agitaban a su alrededor, movidos por el viento.

—Parece una diosa... —murmuró Lucas, embobado.

Dani se acercó al árbol más cercano, se abrazó a su tronco y tiró con fuerza. Era un eucalipto altísimo, pero consiguió doblarlo como si fuera una pajita. Los demás lo miraban con la boca abierta. Cuando Carla tuvo el árbol cerca, saltó ágilmente a la copa. Después, empezó a bajar poco a poco, como una acróbata profesional.

—¿Qué hacías en el tejado? —le preguntó Leo cuando pisó el suelo.

—No lo sé —reconoció ella—. Estaba ahí subida cuando he abierto los ojos esta mañana.

—¿Te has notado algo raro? —preguntó Lucas, muy atento.

—¿Más raro que despertarme en el tejado? —replicó Carla, levantando las manos. De pronto, vio que entre los dedos le había crecido una membrana, como la de las alas de un murciélago—. ¡Aaahhh! ¡Soy un monstruo!

—¡Apartaos!

Elena pasó por delante de ellos, corriendo como una bala. Cuando se fijaron en ella, vieron que iba persiguiendo un gato. El animal desapareció por detrás de uno de los setos y ella saltó detrás, con un rugido que les puso los pelos de punta. Se asomaron al otro lado del arbusto y vieron que Elena sostenía al gato entre las manos y se lo acercaba a la boca abierta.

—¡Elena! —gritó Lucas—. ¡Pero qué estás haciendo!

El cuello de su hermana se giró como un látigo. Parecía más feroz, más... animal. Aprovechando el despiste, el gato se escapó bufando por entre la vegetación.

—¿Has visto lo que has hecho? —Elena enseñó los dientes. Parecían más afilados de lo normal—. Por tu culpa se me ha escapado el desayuno.

Leo no entendía absolutamente nada. ¿Qué era todo aquello? El ruido que había hecho Lucas al despertar, y su mecanismo de camuflaje. El ta-

¡GLURP!

maño y fuerza que Dani había ganado durante la noche. La agilidad y ligereza de Carla, y las membranas que tenía entre los dedos. La ferocidad y rapidez de Elena. Por no hablar, claro, de la coraza que cubría su propia espalda.

Pangea los había cambiado.

—¿Qué nos está pasando, Leo? —preguntó Lucas, muerto de miedo.

—No lo sé.

* * *

Osvaldo Arén estaba decidido a reparar su robot, pero la única luz que había en aquella gruta apestosa era la luz roja del huevo. No sabía si lo estaba haciendo bien, pero necesitaba mantenerse ocupado para no volverse loco. Se preguntó cuánto tiempo llevaría encerrado allí. ¿Horas? ¿Días? Era imposible saberlo. Estaba solo. Aunque, en realidad, lo agradecía. Estar solo significaba que, al menos, los hombres-raptor no seguirían torturándole.

«¿Dónde esssstá la hembra?», le habían preguntado mil veces. Y mil veces le habían apretado la cara contra la cáscara caliente del huevo. Al principio, el profesor temió que el huevo se abriera y que dentro se escondiera la cría de algo maligno. Pero el huevo era de piedra. Un objeto mágico.

Mágico y malvado, como la luz roja que lo envolvía y que había llenado su mente.

Aquella luz le había hecho algo. Le había contado cosas. Había visto que un meteorito chocaba contra la Tierra. Y que la Tierra se dividía en dos mundos idénticos. En uno de aquellos mundos, el suyo, los dinosaurios se habían extinguido. En el otro, habían sobrevivido y evolucionado. Y, después de millones de años, llegaron los humanos desde el mundo que él conocía. Los restos que habían encontrado en algunos yacimientos de Zoic eran, en realidad, puertas entre los dos mundos.

Vio humanos y dinosaurios trabajando juntos. Vio templos y ciudades. Vio seis grandes estatuas de piedra, y luego otras más pequeñas. Vio seis guerreros. Vio un poder incomprensible.

Y supo que eso era lo que buscaban los raptores.

Lo que Penélope había robado.

La luz del huevo le había hecho algo más. Ahora oía en su mente una voz que no era suya. La voz le dijo que los niños estaban en peligro. Que tenía que reparar el robot. Para no volverse loco. Para huir. Para salvarlos. Para salvarse.

El profesor siguió trabajando en el robot. Conectó dos cables y, un segundo después, notó una sacudida.

Una chispa.

—Reconocimiento de voz requerido —dijo la voz metálica del robot.

—Osvaldo Arén —respondió él, con voz temblorosa—. ¡Protocolo de emergencia!

Pensó que no funcionaría, pero el robot le obedeció. Cuando se levantó, se deshizo de todo lo que no era necesario (carcasa, alforjas, red), y se lanzó contra la jaula de hueso. Los barrotes se partieron con un chasquido, y el profesor se subió a la plataforma como si su vida dependiera de ello.

Porque su vida dependía de ello.

Mientras Osvaldo Arén cabalgaba lejos de aquella horrible gruta, un silbido cortó el aire. El brillo rojo del huevo se hizo más fuerte. El líder de los hombres-raptor salió de entre las sombras y sonrió.

—¡No podemosss dejarlo esssscapar! —dijo el más joven, que llevaba horas viendo trabajar al profesor en su invento.

—¡Esss un error! —gruñó el jorobado.

—No esssstá esssscapando —respondió el líder. Parecía feliz—. Va a llevarnosss hasssta ellosss. Jurra, Rakku, Xeffir, ¡sssseguidle!

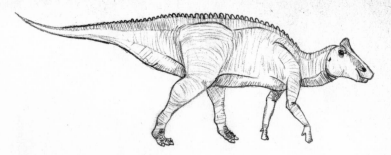

Nombre científico: *Arenysaurus adevoli.*

Grupo: cerápodo, ornitópodo, hadrosaurio.

Cuándo vivió: hace 68 millones de años, Cretácico superior.

Dónde vivió: Huesca, España.

Alimentación: fitófago (herbívoro).

Tamaño: 6 metros de largo.

Encontrado en Arén, en los Pirineos. Fue uno de los hadrosaurios o «dinosaurios con pico de pato» que habitó en Europa a finales del Mesozoico. Era pariente cercano de otros hadrosaurios crestados, de los que se cree que usarían sus crestas para emitir sonidos.

Otra info:

Los dientes de hadrosaurio eran alargados y se agrupaban en baterías.

Las huellas de ornitópodos tenían tres dedos redondeados.

Capítulo 12

PODERES DE QUITA Y PON

A Dani le venía de familia ser grande. De joven, su madre había sido jugadora profesional de baloncesto. Ahora trabajaba como entrenadora en una de las ligas más importantes del mundo, y pasaba parte del año fuera del país. De su padre, mejor ni hablar. Por eso Dani iba al Colegio Iris. Allí siempre había sido el gigante, el mastodonte, el elefante. Algunos se lo decían con cariño, como Lucas. Otros con desprecio, como Gabi. Pero a Dani no le importaba. Le gustaba ser grande.

Hasta ahora.

Desde que habían vuelto de Pangea, se sentía como un monstruo. No le cabía la ropa, no entraba en el pupitre, no podía coger nada sin aplastarlo con el puño. Había ido al baño en el recreo, y al verse el cuello en el espejo, se había asustado. Parecía una jirafa.

O un diplodoco.

¿Estaba transformándose en dinosaurio? Eso era imposible. Ser dinosaurio no era algo contagioso, como la gripe. Pero en Gragea, Pangea, o como se llamara ese sitio, habían visto muchas cosas imposibles.

Iba hablando de todo esto consigo mismo de camino al centro de investigación. Había quedado allí con los demás después de clase. Mientras caminaba, se preguntaba y se respondía solo, agitando las manos en el aire.

Se dio cuenta de que no estaba solo cuando notó que uno de sus puños golpeaba algo. Lo siguiente que vio fue el cuerpo de Leo volando por los aires.

—¡Leo! —exclamó. Su amigo rebotó contra un árbol y cayó de espaldas—. ¡No te he visto! ¿Te he hecho daño?

—La verdad es que no.

Leo se sentó en el suelo varios metros más allá. La cazadora que llevaba puesta ocultaba un bulto muy raro.

—¡Pero si te has hecho un chichón en la espalda! —se preocupó Dani.

Corrió hacia él, haciendo vibrar el suelo con sus pasos de gigante.

—No es un chichón —explicó Leo, quitándose la cazadora—. Mira.

Dani se agachó para tocar la joroba que le había salido a Leo. Acercó el dedo poco a poco, pero se dio cuenta de que no necesitaba tener tanto cuidado.

—Ahora está mucho más dura —dijo, con los ojos como platos—. Parece hueso.

Su amigo asintió e intentó levantarse, pero aquella coraza pesaba muchísimo.

—Dame la mano, yo te ayudo.

Dani tiró con tanta fuerza que volvió a mandarlo por los aires. Esta vez, Leo rebotó contra una piedra y cayó de cara sobre un arbusto.

—¡Ay! —se quejó—. ¡Aunque ahora sea muy resistente, podrías tener más cuidado!

—¡Lo siento! —se disculpó Dani—. ¡Es que Carla me ha asustado!

—¿Qué? —preguntó Leo, levantando la cabeza.

Carla bajó de las alturas, planeando torpemente. Se había hecho dos rajas en los laterales y las mangas de la camiseta, y por el hueco asomaba una fina membrana de piel que le unía la cintura con los brazos.

—Pero ¿tú de dónde has salido? —preguntó Leo cuando aterrizó junto a ellos.

—¡De la copa del árbol más alto que he encontrado! ¡No quería que nadie me viera así! —respondió ella, agitando las membranas con asco—. Es horrible. Pensaba que solo me habían salido entre los dedos, pero a media mañana he descubierto estas.

—¿Notas algo más? —quiso saber Dani.

—Pues a ver, ¿por dónde empiezo? —dijo ella, irónica—. Si no estoy en un lugar alto, no me siento tranquila. Veo cosas a kilómetros de distancia. Y, como acabáis de comprobar, vuelo. Nada de eso me molestaría si no fuera porque parezco un murciélago.

Dani se llevó la mano a la boca para contener una carcajada.

—A mí no me hace ninguna gracia, mastodonte. Esto es por haber estado tan cerca de esos bichos, ¿verdad, rarito? ¿Si te pica un dinosaurio, te conviertes en dinosaurio?

Leo no respondió. Además de la joroba y la sensación de pesadez, notaba que le costaba concentrarse. Era como si se estuviera volviendo... tonto. Aun así, estaba seguro de que los dinosaurios no picaban. Ni siquiera creía que dieran alergia. Pero estaba claro que en Pangea les había pasado algo. El portal, los relámpagos, la luz misteriosa del templo… Aquello tenía que estar relacionado con sus transformaciones.

Se estaban convirtiendo en algo distinto. Mitad humano, mitad dinosaurio.

Seguro que el profesor Arén o su tía podrían explicarles qué les pasaba, y arreglarlo. Pero ni el profesor Arén ni su tía estaban allí. Y tampoco podían entrar a buscarlos estando así. Lo único que se le ocurría a Leo era volver al centro de investigación. Al origen. Al portal.

Quizá allí encontrasen la solución.

Dani, Carla y él atravesaron los terrenos del colegio en silencio. Cruzaron la arboleda de ciruelos rojos y vieron al fondo el edificio blanco con la huella de Zoic. De repente, algo rápido y silencioso salió de la vegetación y saltó frente a ellos. La criatura cogió a Leo por los hombros y lo estampó contra el tronco de un árbol.

—Arregla esto, frikisaurio —graznó Elena, con una voz que no parecía suya—. ¡Ahora!

Al verla, Carla se asustó y dio tal salto que acabó subida a una rama. A pesar de su tamaño, Dani no pudo evitar retroceder. Elena les lanzó una mirada amenazadora. Tenía las pupilas alargadas, como un reptil, y los dientes afilados. Leo le miró las manos y vio que sus uñas eran larguísimas. De la puntera rota de cada una de sus deportivas asomaba la enorme garra curva de un raptor.

Leo quiso decirle que no sabía cómo arreglarlo, que tampoco sabía qué les estaba pasando. Pero tenía miedo y quería apartarse de ella. Como Elena no le soltaba, la obligó a hacerlo.

Tomó impulso con el cuello y le estrelló la cabeza contra la nariz. Ella le soltó un segundo, y entonces fue cuando Leo la golpeó con el puño, lanzándola a varios metros de distancia. Elena cayó de pie y Leo se dio cuenta de que pegarla había sido un error. Estaba claro que Elena iba a volver a lanzarse a por él. Y que, esta vez, no iba a amenazarlo solo con palabras.

Casi la tenía encima cuando Lucas apareció de repente y gritó:

—¡Dani, placaje!

Dani obedeció inmediatamente. Alargó el brazo, derribó a Elena en el aire y la aplastó contra el suelo.

—¡Rápido! ¡Registradla! —ordenó Lucas—. ¡Hay que quitarle el diente!

—¿El... diente? —repitió Leo, confuso.

—¡El diente de piedra! —le recordó Lucas—. ¡La figurilla de tu tía!

Leo comprendió por fin. Elena no dejaba de lanzar arañazos y dentelladas, pero Dani la tenía bien sujeta. Carla bajó planeando del árbol y le ayudó a registrarla. Encontraron el diente de terópodo en el bolsillo trasero de su pantalón, rojo y vivo como un corazón.

—Ya está, enano. Y ahora ¿qué...? —Carla lo miró con los ojos entrecerrados—: Oye, ¿y tú por qué no estás raro?

Lucas cogió el diente que le ofrecía. Cuando rozó la mano de Carla, se puso casi tan rojo como la luz de la figurilla. Perdió la concentración un momento, pero un rugido de su hermana le recordó lo que estaba haciendo. Apretó la cabeza que había en el extremo de la figurilla y el diente se apagó como por arte de magia.

Elena dejó de morder y arañar como un animal. Se quedó tirada en el suelo, completamente agotada.

Pero volvía a ser Elena.

—¡Lo has roto! —gruñó Leo, alzando el puño.

Otra vez notaba ese calor en el pecho. No sabía por qué estaba tan enfadado, pero sentía que tenía que defenderse.

—¡No, no! —lo frenó su amigo—. ¡Mira! ¡Solo lo he apagado!

Lucas sacó su diente del bolsillo, apretó la cabeza de triceratops y el diente se iluminó de color naranja. Luego hinchó los carrillos como si fuera a soltar una pedorreta y emitió la llamada del arenysaurus con la que los había despertado por la mañana.

Lucas fue enseñándoles uno a uno a desactivar sus figurillas. Dani recuperó su tamaño normal. Las membranas de Carla se encogieron hasta desaparecer por completo. Las púas se ocultaron en la espalda de Leo y sus hombros se volvieron más ligeros.

—¿Era culpa de los dientes? —preguntó Carla, mirándose las manos.

—¡Claro! —exclamó Leo—. ¡Tiene sentido!

—¿En serio? —preguntó Dani, confuso.

—¡Sí! Todos nos parecíamos a los dinosaurios de nuestros dientes. —Leo volvía a pensar con claridad—. Dani era grande y pesado como un saurópodo. Lucas se camuflaba como un cerápodo. Elena era ágil y feroz, como un terópodo. Carla volaba como un pterosaurio. Y yo tenía una coraza dura y resistente,

y unos puños que son como mazas, como los tireóforos. ¡No podía pensar con claridad porque tienen
el cerebro muy pequeño!

—Y que lo digas... —protestó Elena, frotándose la
barbilla dolorida.

—Entonces ¿los dientes nos hacen tener sus habilidades? —preguntó Lucas, con los ojos abiertos de
par en par.

—Eso parece —continuó Leo, y se dio cuenta de algo
más—: Por eso los dinosaurios nos protegieron cerca
de la cueva. Por eso Trasto no dejaba de seguir a Lucas. Por eso los carnívoros no atacaban a Elena. ¡De
alguna manera, los dientes nos conectan con ellos!

Leo quiso encender de nuevo su figurilla, pero Dani
le cogió la mano.

—Cuidado, Leo. Estas cosas son peligrosas —le advirtió—. Cuanto más tiempo los hemos tenido encendidos, más hemos cambiado.

—Dani tiene razón —dijo Carla—. Deberíamos desha-
cernos de ellos.

—¡Ni hablar! —protestó él, apretando el suyo contra
el pecho—. ¡Son la llave para entrar en Pangea!

—Yo creo que deberíamos investigarlos un poco
más —lo apoyó Lucas—. Así descubriríamos qué otras
cosas hacen.

—¡No! ¡Ya basta! —gritó Carla—. ¡Quiero que todo vuelva a ser normal!

—Yo creo que tenemos que tener cuidado porque... —empezó a decir Dani.

—¡Callaos! —bramó Elena, poniendo fin a la discusión—. ¿Oís eso?

Efectivamente, dentro del centro de investigación sonaba una sirena.

—¡Es el protocolo de emergencia! —exclamó Leo, preocupado.

Los cinco echaron a correr hacia el laboratorio. Dentro, todo estaba exactamente igual que cuando se habían ido. Recorrieron los pasillos a toda prisa, buscando el origen de la alarma. Aquel sonido chillón salía de una de las torres robóticas del profesor Arén. En la pantalla había un puntito de luz verde que parpadeaba, impaciente.

—Nosotros estamos aquí —dijo Leo, señalando el centro de la

pantalla—. Según esto, hay un robot en modo de emergencia muy cerca. El número 7.

—¿No decías que el profesor había cogido un robot para buscarnos? —recordó Elena.

—Sí —respondió Carla.

—¡Seguro que es ese! —se entusiasmó Lucas.

—Y eso quiere decir... —empezó Dani.

—Que el profesor está vivo. —Los ojos de Leo se llenaron de lágrimas de alivio—. Tenemos que volver a buscarle.

—No estamos seguros de que sea el profesor —observó Elena—. Podría ser solo el robot. Yo no me la juego por un robot.

—¡Será solo un momento! —suplicó Leo—. Tiene que estar cerca de la entrada a la cueva. Si no, sería imposible que nos llegara la señal.

—Es demasiado arriesgado, Leo —reconoció Dani.

—Leo, sabes que yo estoy contigo —dijo Lucas—. Pero Dani tiene razón. Deberíamos pedirle ayuda a alguien. ¿Algún colega de tu tía, o del profesor Arén?

Leo apretó los puños y cerró los ojos. Sabía que tenían razón, pero él no podía quedarse de brazos cruzados.

—Volver a entrar en Pangea es arriesgado y peligroso. Pero ahí dentro están atrapadas dos personas muy importantes para mí. Mi tía, la única familia que me queda. Y el profesor Arén, la persona en la que ella confió para cuidar de mí, y que ha arriesgado su vida para ayudarnos. —Suspiró—. Entiendo que no queráis venir conmigo, pero yo voy a entrar. Con o sin vosotros.

Leo extendió la mano para que los demás le dieran sus tótems. Dani, Elena y Lucas bajaron la vista, avergonzados. Pero Carla sacudió la melena y puso su mano sobre la de Leo.

—Yo voy contigo, rarito —dijo, con voz temblorosa.

—Ja —Elena no se lo creía.

—En serio. El profesor me salvó la vida —razonó ella—. Se lo debo.

—Pues si Carla va, yo también —se apresuró a decir Lucas, colocando su mano encima.

—Tú sin mí no vas a ninguna parte —declaró Elena, poniendo la suya.

—Yo creo que esto no es buena idea, que conste —dijo Dani, cubriendo con su manaza las de los demás—. Pero también me apunto.

Leo miró a sus amigos, emocionado. Y pensó que, después de todo, no estaba tan solo como él pensaba.

—Vamos a rescatar al profesor.

Nombre científico: *Utahraptor ostrommaysorum.*

Grupo: terópodo, dromeosaurio.

Cuándo vivió: hace 126 millones de años, Cretácico inferior.

Dónde vivió: Utah, Estados Unidos.

Alimentación: carnívoro.

Tamaño: 6 metros de largo.

Es el dromeosaurio o «raptor» de mayor tamaño, y el más robusto. Ahora sabemos que todos los dromis estaban completamente emplumados, y que son parientes cercanos de las aves.

Otra info:

La terrible garra de sus pies podía llegar a medir más de 20 cm.

Las huellas de los dromis solo muestran dos dedos, porque uno está levantado y lleva la terrible garra.

Capítulo 13
LA BÚSQUEDA

—¡El radar indica que el robot está cerca! ¡Venga, vamos!

Leo estaba tan nervioso que no razonaba. No entendía a qué esperaban los demás. Tenían que moverse y tenían que hacerlo ya. Echó a andar hacia la puerta del centro de investigación, pero Dani lo cogió con delicadeza de los hombros y lo levantó en el aire como si no pesara nada.

—Paciencia, Leo. Si vamos a volver ahí dentro, primero debemos prepararnos.

—Pero...

—Pero nada —atajó el gigante con suavidad—. Necesitamos que envíes un mensaje a Zoic: tienes que contarles lo que está pasando aquí. Por si acaso.

—Vale —accedió Leo.

Se dio cuenta de que Dani intentaba mantenerle ocupado, pero no se quejó. Su amigo tenía razón: la primera vez que habían entrado a Pangea habían estado a punto de morir. Ahora que sabían a lo que se enfrentaban, necesitaban toda la ayuda que pudieran conseguir.

—Muy bien —continuó Dani—. Lucas, ¿cuánto tardarás en preparar esa cosa?

Lucas estaba tumbado bajo uno de los robots de expediciones. Tenía la vista fija en los controles y cara de concentración máxima. Querían usarlo para encontrar el otro robot, el que tenía el profesor Arén.

—¡Menos de mil doscientos segundos, señor! —respondió.

—Bien. Elena, ve a las cocinas del colegio. Necesitamos agua y algo de comer.

—¿Chocolate negro y frutos secos, como después de rugby? —preguntó ella.

—Perfecto —Dani siguió organizando—. Carla, te tocan los vestuarios. Debe de haber camisetas y botas de los campamentos de paleontología que el profesor organiza en verano.

—Buena idea —respondió ella—. Así no mancho las mías.

—Yo voy a revisar el almacén, a ver si encuentro algo útil. Nos vemos aquí en... ¿Lucas?

—¡Mil veinte segundos, señor!

Cuando Leo regresó a la sala después de enviar el mensaje, no pudo evitar echarse a reír. Sus amigos iban vestidos como auténticos exploradores: con pantalones desmontables, camisetas con el logo de Zoic, botas, sombreros de tela y unas mochilas enormes con kits de supervivencia. El único problema era que todo era tres tallas más grande de lo normal. Mientras que a Dani la ropa le venía estrecha, el resto parecía que se hubiera puesto encima un saco.

—¿Y estas pintas? —preguntó Leo. Durante un segundo, se sintió más divertido que preocupado.

—¿Qué pasa? —soltó Carla, molesta—. ¡No había otra cosa!

Elena se había cortado las mangas para llevar los brazos al aire. Se acercó a Leo y le ofreció un uniforme.

—Para que vayas a la moda.

—Ahora parecemos un equipo de verdad —opinó Dani, orgulloso.

—Unos horteras, eso es lo que parecemos —resopló Carla, mientras se hacía un nudo en la camiseta para que le quedara más ajustada.

—Con ese modelito, los dinosaurios van a caer rendidos a tus pies —dijo Elena con una risita.

Carla fingió molestarse, pero en realidad parecía halagada.

En cuanto el robot estuvo reparado, Lucas se apartó de él de un salto.

—¡Listo! Y, ahora, lo más importante —dijo, rebuscando en su bolsillo y sacando las cinco figurillas de piedra.

—¡Les has puesto un cordón para que podamos usarlos como colgantes! —exclamó Carla, encantada—. ¡Qué guay!

Lucas se sonrojó y se hizo aún más pequeñito de lo que era.

—Venga, vamos a hacernos una foto de equipo juntos para subirla a redes sociales —propuso Carla, que se había entusiasmado con la bisutería—. ¡Queda fundado Jurásico Total!

* * *

—Pero es que no nos podemos llamar Jurásico Total —seguía diciendo Leo—. Técnicamente, Pangea es otro mundo, no es el Jurás...

—¡Por favor! ¿Alguien puede callar al frikisaurio? —refunfuñó Elena.

Los cinco siguieron al robot a través del túnel y bajaron la pendiente. Antes de entrar en la jungla, Leo contempló los restos de la pelea entre los herbívoros y los carnívoros. En el suelo había troncos astillados, huellas enormes y manchas de sangre, pero ningún animal. Leo esperaba que las criaturas que los habían protegido estuvieran bien.

Llevaban ya un rato caminando cuando Elena se dio cuenta de que su hermano había encendido su diente y tenía los ojos cerrados con fuerza.

—¿Lucas? —preguntó, inquieta—. ¿Estás bien?

—Estoy intentando llamar a Trasto —confesó él—. Pero no lo consigo. Me gustaría saber si está bien.

—Es mejor que los llevemos apagados —les recordó Dani.

Aunque se lo había aconsejado mil veces, ninguno le hizo caso. Todos estaban tan nerviosos que, cada vez que escuchaban un ruido, activaban los amuletos para protegerse. Y, en cuanto lo hacían, alguna criatura aparecía en el cielo o entre los árboles y los acompañaba desde lejos.

—Es como si cuidaran de nosotros —murmuró Carla al ver a los pterosaurios.

Lucas le dio la mano para tranquilizarla. No le gustaba verla asustada. Nunca antes había tenido tantos amigos, y quería protegerlos. Y a su hermana también. Porque, aunque Elena jamás lo reconocería, Lucas sabía que también tenía miedo. Extendió la mano que tenía libre hacia su melliza, y ella la aceptó y le ofreció la otra a Leo, que a su vez se la dio a Dani. Y así, dados de la mano, siguieron al robot a través de la jungla.

Dos horas más tarde, el grupo salió de los árboles y se encontró en medio de un enorme valle. En todo el tiempo que llevaban caminando, no habían visto ni rastro de la cría de tricerátops. Ni tampoco del profesor Arén. Ni del robot que, supuestamente, estaban intentando encontrar.

—¿No decías que estaba cerca, rarito? —preguntó Carla, cansada.

—Bueno, eso parecía en el radar. Puede que este lugar interfiera con los sensores del robot —reconoció Leo—. Pasa lo mismo con los relojes. Y con los móviles.

Elena miró a su hermano.

—¿Entonces tu chucho de hojalata no funciona?

—Pues... —titubeó Lucas—. Creo que sí...

—¿Cómo que «crees»? ¿Sí o no? —se enfureció su hermana.

—Elena, apaga tu diente —le advirtió Dani al ver que brillaba de un rojo intenso—. Es peligroso.

—¡Apaga tú el tuyo, no te joroba! —dijo ella, señalando la luz verde de su figurita.

De pronto, el robot empezó a avanzar y a pitar más deprisa.

—Callaos —pidió Leo—. He escuchado algo.

—¡No me da la gana de callarme! —rugió Elena—. ¡No entiendo por qué todos podéis llevar vuestros dientes encendidos menos yo!

—¿Igual porque tus dinosaurios se comen a la gente? —dijo Carla—. No te ofendas.

Lucas extendió el brazo y apagó el amuleto que colgaba del cuello de su hermana.

—Cállate y escucha —chistó.

En medio del silencio, Elena oyó un sonido de plantas moviéndose y un golpeteo rítmico sobre el suelo. Miraron al otro lado de la explanada y vieron un brillo metálico que se movía hacia ellos.

—¡El cacharro del enano funciona! —se alegró Carla, señalando al otro robot, que cabalgaba entre las plantas—. ¡Por fin podremos largarnos de aquí!

Leo se puso tenso. El robot corría a toda velocidad, pero no venía solo. Encima iba el profesor Arén, que se agarraba como podía para no caer. A Leo le pareció que iba a desmayarse. El robot echaba chispas e iba perdiendo piezas durante la carrera. Cuando quedaban unos cien metros para que llegara hasta ellos, se le soltó una pata, la plataforma se inclinó peligrosamente y el profesor cayó al suelo.

—¡Lucas, reprograma nuestro robot para que vuelva a casa! —pidió Leo—. Los demás, ayudadme a subir encima al profesor. ¡Rápido!

Lucas y Dani obedecieron inmediatamente. Pero Carla y Elena se quedaron quietas, mirando a lo lejos con los ojos entrecerrados.

—¿Tú también los ves? —preguntó Carla.

—Y los oigo —añadió Elena.

Lo que Carla y Elena vieron y oyeron al otro lado del valle eran las siluetas de tres criaturas emplumadas. Eran rápidas, estilizadas y tenían una garra en forma de garfio.

—¡Otra vez los monstruos...! —gritó Carla.

—Raptores —susurró Elena con los ojos brillantes.

—¡Lucas, tenemos compañía! —le avisó Dani.

Lucas pulsó varios botones e hizo que el robot corriera hacia el profesor en modo defensivo. La máquina se colocó junto a él, abrió un pequeño compartimento y disparó una bomba de humo que despistó a los tres utahraptores durante unos segundos. Los animales gruñeron, furiosos, y retomaron la carrera.

Leo supo que el robot no conseguiría detenerlos.

—¡Elena, Dani, conmigo! —gritó, activando su amuleto.

Sus amigos asintieron y sus dientes se iluminaron de rojo y verde, respectivamente.

—Me gusta cómo piensas, frikisaurio —dijo Elena pasándose la lengua entre los dientes afilados.

—Lucas, ocúpate del robot —ordenó Dani—. Carla, ¡pon a salvo al prof...!

Pero Carla, aterrorizada, solo fue capaz de activar su diente y volar para refugiarse en el árbol más cercano.

Dani dudó.

—¡Yo me encargo del profesor! —bramó mientras sus brazos y piernas se ensanchaban—¿Podréis con ellos?

—Por supuesto —aseguró Elena, adelantando a Leo con un rugido.

A medida que corría, Leo notó que se le endurecía la espalda y se le nublaba la mente. No podía pensar con claridad, pero tampoco lo necesitaba. Ahora lo que necesitaba era defender al profesor Arén.

Unos minutos después, fue Elena la que tuvo que desactivar su diente por él. Leo pestañeó, extrañado. Solo recordaba algunos trozos de lo que había pasado. Una garra que cortaba el aire. Sus puños golpeando enloquecidos. A Elena dando dentelladas frente a los raptores, que parecían tener miedo de atacarla, y huían de nuevo hacia la jungla.

—¿Se han ido? —preguntó cuando la cabeza dejó de dolerle.

—Les hemos pegado una buena paliza —le dijo Elena, dándole una palmada en la dura espalda—. Esta cosa te convierte en un toro. Cuando todo esto acabe, quizá te lleve a un entrenamiento de rugby. —Elena clavó los ojos en Carla, que había bajado del árbol en cuanto la pelea terminó—. Menos mal que se puede contar contigo, no como con otras.

Leo no tenía tiempo para discusiones. Miró a su alrededor para localizar a Dani y Lucas, que atendían al profesor Arén, y echó a correr.

—¿Está bien? —preguntó al verle tumbado en el suelo y con los ojos cerrados.

—Se ha desmayado, pero creo que sí —dijo Dani, acercándole una botella de agua a los labios.

El profesor estaba pálido y ojeroso. Tenía la ropa medio rota y parecía mucho más delgado que la última vez que lo había visto. ¿Cuánto había pasado en Pangea? ¿Dos días? Leo sintió un escalofrío al pensar que su tía llevaba allí más de dos meses.

La voz temblorosa del profesor Arén le trajo de vuelta a la realidad.

—¿Ni-niños? —preguntó, entornando los ojos—. ¿Estáis aquí de verdad?

—Sí, profe... —Leo se corrigió—. Sí, Aldo. Hemos venido a rescatarte.

—Pero ¿cómo...? —siguió balbuciendo.

—Es una historia larguísima, profesor —respondió Elena. Lo cogió de las piernas mientras Dani lo agarraba de los brazos para subirlo al robot nuevo—. Mejor se la contamos cuando estemos en casa.

—Leo... —empezó a murmurar el profesor Arén—. Penélope...

Leo dio un respingo.

—¿Has visto a mi tía? ¿Está...?

El profesor abrió la boca para responder, pero algo captó su atención. Clavó la vista en el diente que colgaba del cuello de Leo y su rostro hizo una mueca de dolor.

—¡Losss tenéisss vosssotrosss! —siseó, con los ojos enloquecidos—. Essso esss lo que bussscan.

Estiró una mano hacia el amuleto. Por un momento, a Leo le pareció una garra.

—Está desvariando, Leo —dijo Dani, sujetándole—. Tenemos que sacarlo de aquí.

—Pero mi tía...

—Mírale —insistió Dani, aún cargando al profesor—. No creo que ahora mismo pueda decirnos nada. Necesita descansar y recuperarse. Volvamos a casa. Cuando todos estemos a salvo, pensaremos un plan para rescatar a tu tía.

Leo apretó los puños, pero no protestó. Como siempre, Dani tenía razón.

—Losss tótemsss... —murmuraba el profesor, mirando a Elena con preocupación—. Esss... ¡una trampa!

En ese momento, escucharon a su espalda un chasquido y una respiración profunda y ronca. Una pata gigantesca y llena de garras salió de entre los helechos y aplastó el robot que aún estaba en pie.

Y, con él, la última esperanza que tenían de salir vivos de Pangea.

Nombre científico: *Concavenator corcovatus.*

Grupo: terópodo, alosauroideo.

Cuándo vivió: hace 125 millones de años, Cretácico inferior.

Dónde vivió: Cuenca, España.

Alimentación: Carnívoro.

Tamaño: 6 metros de largo.

Encontrado en el yacimiento de «Las Hoyas», era el mayor depredador de ese ecosistema. Tenía una extraña joroba en la espalda, una especie de plumas primitivas en los brazos y escamas como las de los pájaros en los pies.

Otra info:

Joroba formada por las espinas de las vértebras de su espalda.

Diente y huella típicos de terópodo.

Capítulo 14

LA EMBOSCADA

El robot de expediciones echaba chispas y se retorcía bajo la pata de la criatura. Era el depredador más grande que los niños habían visto en Pangea: casi un metro más alto que los concavenators que los habían atacado, y mucho más fuerte. Su alargado hocico estaba lleno de dientes, y su piel tenía escamas y manchas, como para camuflarse. Sus ojos de pesadilla estaban clavados en ellos.

—¡Elena, es un torvosaurio! —exclamó Leo—. ¡Intenta controlarlo!

Elena activó su diente y se plantó frente a la criatura con actitud amenazante. No tuvo que hablar ni que hacer grandes gestos. Le bastó con enseñar los dientes y gruñir en voz muy baja para hacer que el animal retrocediera.

—¡Muy bien! —dijo Dani mientras buscaba desesperadamente una forma segura de salir del valle—. ¡Entretenlo un poco más!

—Podemos volver por la cuesta —propuso Lucas, señalando a sus espaldas.

—¿Y cómo cargamos con el profesor Arén? —preguntó Leo.

—El mastodonte puede llevarlo —sugirió Carla con voz temblorosa.

—No puedo escapar de ese bicho cargado y cuesta arriba —admitió Dani, señalando al depredador. Su lentitud natural empeoraba con los poderes de los saurópodos.

—Entonces tendremos que seguir adelante —sugirió Lucas—. Si Elena consigue despistar al tochosaurio mientras nosotros...

—No creo que pueda aguantar mucho más —le interrumpió ella—. Este bicho ha pedido refuerzos.

Elena no retrocedió, pero todos vieron que estaba temblando. Y no era para menos. Mientras los demás estaban ocupados buscando una salida, al torvosaurio se le habían unido un alosaurio un poco más pequeño y un baryonyx de cabeza como de cocodrilo, además de una pareja de concavenators que les resultó familiar.

Elena dio un paso atrás y los carnívoros uno adelante. Ahora su única opción para escapar era volver cuesta arriba. Leo y los demás se dieron media vuelta, pero ya era tarde. Los tres utahraptores que tan bien conocían estaban allí. Tras ellos, morro con morro, dos espinosaurios les cerraban el paso.

—Estamos rodeados —lloriqueó Carla, temblando.

—Pero no nos atacan... —observó Leo, fascinado.

Elena dejó escapar un suspiro y se dio por vencida.

—Pues no es gracias a mí —murmuró, impotente—. Son demasiados, no puedo controlarlos.

De pronto, los animales se hicieron a un lado. Cambiando el peso de una pata a otra, nerviosos, los concavenators se alejaron unos metros. El baryonyx y el alosaurio los imitaron. Por último, el torvosaurio agachó la cabeza y se apartó.

Tres siluetas avanzaron lentamente por el pasillo que había abierto aquel ejército de terópodos. Iban vestidos con trozos de tela y llevaban la cabeza cubierta con una capucha, de modo que los niños no podían verles la cara. La figura de la derecha caminaba encorvada por el peso de una joroba. La de la izquierda parecía más ágil y rápida, como si fuera más joven. La del centro, la que iba delante, era la más alta y grande de las tres. Claramente, era el líder.

—¿Son los sacerdotes del templo? —preguntó Dani, con un susurro esperanzado—. Tal vez ellos puedan ayudarnos.

A Leo se le llenó el corazón de esperanza. Eso tenía sentido. Sus ropas parecían hábitos viejos y los carnívoros los respetaban. Quizá fueran adoradores de dinosaurios. Quizá supieran qué eran aquellos extraños dientes de poder. Quizá pudieran explicar los símbolos del templo y el portal entre los dos mundos.

Quizá pudieran ayudarles a salir de allí.

Pero cuando el líder levantó la cabeza, Leo sintió un escalofrío. Aquellos seres no eran humanos. Tampoco eran dinosaurios. Leo vio su rostro lleno de escamas, sus pupilas alargadas y sus dientes puntiagudos. Y supo que, fueran lo que fueran, no habían venido a ayudarlos.

—Podéisss entenderme, ¿verdad, yajjilarii? —pronunció la última palabra con desprecio, como un escupitajo.

—¿Yajiqué? —Elena reaccionó con agresividad—. ¿Qué nos has llamado, pirado?

La extraña criatura la miró con interés y sonrió.

—Elena, contrólate, por favor... —susurró su hermano.

Lucas tenía a Carla cogida de la mano. Sabía que, si la soltaba, seguramente saldría volando. Y, si lo hacía, no sabía qué podía pasar.

Como si acabara de leerle el pensamiento, el líder clavó los ojos en ella.

—Sssoisss pequeñosss y cobardesss —siseó—. No sssoisss dignosss de essse título, centinelasss.

—¿Centinelas? —murmuró Leo, confundido.

La criatura más joven se acercó a él. Leo se fijó en los pies que asomaban bajo el hábito. Parecían las patas de un raptor.

—Huele igual que la hembra, Najjal —dijo, olisqueándolo.

El jorobado se acercó a toda velocidad y se encaró al joven con los dientes apretados.

—¡Essstúpido! ¡No revelesss nuessstrosss nombresss!

El líder los ignoró.

—La hembra ya no esss importante. Hemosss encontrado lo que nosss robó. Lo que bussscábamosss. —Se inclinó sobre Elena y rozó su diente iluminado de rojo con una garra—. ¡Entregadnosss losss yajjaali!

Elena se llevó la mano al diente para protegerlo.

—Y si no, ¿qué? —preguntó, desafiante.

El líder de los hombres-raptor se irguió todo lo alto que era. Se remangó bruscamente, dejando a la vista las plumas que colgaban de sus brazos. Con un gesto rapidísimo, separó a Carla de Lucas y la levantó por los aires con un brazo. La criatura le mostró a Elena una garra afiladísima.

—¡Moriréisss!

Los terópodos avanzaron un paso y aullaron a coro. Ponían los pelos de punta.

Los niños retrocedieron, asustados.

—¡Suéltala! —gritó Lucas, apretando su diente.

—¡Entregadnosss losss yajjaali! —ordenó el más joven.

—¡Ahora misssmo! —añadió el jorobado.

Los niños se miraron entre sí. Lo que les estaban pidiendo era muy simple: entregar los dientes de piedra. Aquellos extraños amuletos que tantos problemas habían causado. Solo tenían que descolgárselos del cuello y dárselos. Y, sin embargo, ninguno quería hacerlo (ni siquiera Carla, que se retorcía gritando en lo alto). Sentían que aquellos dientes y sus poderes formaban parte de ellos. No podían entregárselos a aquellos seres crueles. No sabían por qué. Solo sabían que no debían hacerlo. Aunque les fuera la vida en ello.

Elena protegió el suyo entre las manos y enseñó los dientes. Dani, con el profesor cargado al hombro como si fuera un saco, se colocó frente a sus compañeros para servirles de escudo. Leo respiraba rápidamente, cada vez más furioso, y sentía los puños pesados. Lucas tenía los ojos cerrados y apretaba su colgante, muy concentrado.

Al ver que los niños no iban a ceder, el líder decidió negociar.

—¡Entregadnos los yajjaali y no osss haremosss daño! Ssseréisss libres de marcharosss —dijo con voz suave. Dejó a Carla lentamente en el suelo, pero no la soltó—. ¿No queréisss marcharosss a casssa?

Los carnívoros avanzaron un paso más.

Leo miró a sus compañeros. Le costaba razonar, no entendía por qué sentía que no podía entregar su diente. Era absurdo. Absurdo y peligroso. Habían vuelto a Pangea porque él había insistido, para rescatar al profesor. Ya lo habían encontrado, y aquellos seres les estaban dando la oportunidad de volver a casa, sanos y salvos. Lo único que tenían que hacer era darles los amuletos. Por mucho que doliera separarse de ellos. Y aunque fuera evidente que aquellas criaturas no los querían para nada bueno.

Leo pensó en su tía. Estaba seguro de que ella era la hembra de la que habían hablado antes. Si los hombres-raptor la estaban buscando, significaba que seguía viva. Y, si estaba viva, aún podía encontrarla.

Pero, para eso, tenía que conservar la vida.

Agarró su diente, se lo arrancó de un tirón y lo tiró al suelo cubierto de helechos, frente al hombre-raptor. **Sintió que deshacerse de él era lo más difícil que había hecho en su vida. Era como si acabaran de arrancarle una parte de su alma.**

El líder se relamió los dientes amarillos y aflojó la garra que sujetaba a Carla.

—Essso esss...

—¡Ahhhh! —rugió Elena con furia, lanzando su diente junto al de Leo.

Dani dejó al profesor en el suelo, se descolgó el amuleto y lo dejó junto a los de sus compañeros.

—¡Yo también te doy el mío! —suplicó Carla, quitándose el colgante y dejándolo caer.

Al ver que Lucas dudaba, el líder se impacientó.

—Uno másss y ssseréisss libresss —siseó.

El hombre-raptor más joven hizo un gesto con la mano y los depredadores que los rodeaban se acercaron un poco más, fieros y amenazadores.

—¡Lucas! —bufó Elena—. ¿Quieres quitarte ya ese maldito diente? ¡Si se lo das, nos dejarán marchar!

Lucas no dijo nada. Miró a Leo, que lo había arriesgado todo para rescatar a la gente que quería. Miró a Dani, que había sido su mejor amigo desde que llegó al Colegio Iris. Miró a su hermana, que lo había cuida-

do y protegido durante toda su vida. Miró a Carla, que le producía aquella sensación tan rara, como de mariposas en el estómago.

Y quiso protegerlos.

De pronto, su diente empezó a brillar con fuerza.

—El problema de los abusones, hermanita —sonrió—, es que no puedes fiarte de su palabra.

Del otro lado del valle les llegó un sonido familiar, a medio camino entre un mugido y un barrito. El pequeño Trasto salió de entre los árboles y cargó con furia contra los hombres-raptor. Pero no venía solo: le acompañaban tres enormes triceratops adultos.

—¡Trasto! —exclamó Lucas, emocionado—. ¡Has venido con tu familia!

La aparición de los triceratops pilló por sorpresa a los hombres-raptor. Los grandes herbívoros los atropellaron y, entre gritos y gruñidos, tuvieron que soltar a Carla.

Y los dientes.

—¡Losss yajjaali! —ordenó el líder—. ¡Cogedlosss!

Elena fue más rápida. Aprovechando la confusión, corrió a toda velocidad y se deslizó por el suelo. Su diente brilló de color rojo fuego mientras ella se transformaba y plantaba cara a los carnívoros. Los depredadores rugieron y chillaron, pero ahora los hombres-

raptor no podían controlarlos. Elena miró al torvosaurio, el más grande de los depredadores, y se concentró con todas sus fuerzas. El animal dudó, como si luchara consigo mismo. Luego, le lanzó una dentellada al alosaurio que tenía al lado y empezó a luchar contra él. Poco después, fueron los concavenators y el baryonyx los que, confundidos, se enzarzaron en una pelea.

Leo y Dani se pusieron detrás de Lucas y Trasto, que rodeaban al profesor para protegerlo. Elena se volvió hacia Carla, que no paraba de chillar, y señaló los dientes de sus amigos.

—¡Haz algo útil, pija! —le gritó.

Carla reaccionó al ver que un pequeño troodon salía en ese momento de la jungla y se dirigía hacia los amuletos. Cogió el suyo y lo activó. Con un solo aleteo, alejó los dientes del alcance del carnívoro y se los lanzó a sus amigos desde el aire. En cuanto los tuvieron en sus manos, Dani y Leo encendieron las figurillas y se transformaron.

Los cinco amigos formaron un círculo alrededor del profesor y se prepararon para la lucha.

—Creo que es hora de patear unos cuantos culos de lagarto —declaró Elena.

—No son lagartos, son dinosaurios —la corrigió Leo—. Pero, sí, ¡vamos a hacerlos papilla!

Nombre científico: *Triceratops horridus.*

Grupo: cerápodo, ceratopsio.

Cuándo vivió: hace 66 millones de años, Cretácico superior.

Dónde vivió: Norteamérica.

Alimentación: fitófago (herbívoro).

Tamaño: De 7 a 9 metros de largo.

El ceratopsio más famoso. Su nombre significa «cara con tres cuernos». Convivió con el *Tyrannosaurus rex* y fue uno de los últimos dinosaurios.

Otra info:

Además de sus tres cuernos, su cráneo poseía una cresta o «gola» que le protegía el cuello.

Es posible que los triceratops lucharan entre sí.

Sus dientes tenían dos raíces, poco habitual en dinosaurios.

Capítulo 15

EL DERRUMBE

El líder de los hombres-raptor había luchado en muchas batallas. Se agarró con fuerza a los dos cuernos más altos del tricerátops y saltó para apoyarse sobre el que quedaba más cerca del pico. Cuando recuperó el equilibrio, empezó a darle patadas y arañazos en el morro. El herbívoro sacudió la cabeza con violencia, y el hombre-raptor aprovechó el impulso para saltar fuera de su alcance.

Leo lo vio aterrizar sobre sus fuertes patas. El hombre-raptor miró a sus dos compañeros, el joven y el jorobado, inconscientes en el suelo. Y luego los miró a ellos, furioso.

—¡Tenemos que salir de aquí! —exclamó Leo.

Lucas se agachó junto a los restos del robot del profesor. El torvosaurio había machacado el que ellos habían traído, pero a ese solo le faltaba una pata. Tal vez pudiera arreglarlo.

—¡Yo me ocupo! —dijo—. ¡Necesito seiscientos segundos!

—¡Dejádmelos a mí! —rugió su hermana.

—¿Estás segura? —le preguntó Dani, preocupado—. Pareces cansada.

Elena estaba agotada. Su cuerpo era más fuerte y rápido que nunca, pero tenía el cerebro hecho puré. Notaba que otra mente luchaba contra la suya y trataba de quitarle el control de los carnívoros. Sabía que era el hombre-raptor. Y también sabía que no podría aguantar mucho más tiempo. Enfrentarse a aquellos bichos era como jugar contra un equipo entero de rugby ella sola.

Por suerte, no estaba sola.

—¡Dani! —dijo, echando a correr—. ¡Necesito quitarme a unos cuantos defensores de en medio! ¡Jugada cinco!

Dos de los dinosaurios más grandes, el alosaurio y el baryonyx, habían caído durante el combate con los otros terópodos. Ahora el torvosaurio y los concavenators trataban de quitarse de encima a los tricerátops, que los embestían sin parar. Decidido, Dani cogió una enorme piedra ovalada del suelo. Apuntó con cuidado y la lanzó con todas sus fuerzas contra el torvosaurio. La roca cruzó el cielo como un misil y se partió en mil pedazos sobre la frente del carnívoro.

El dinosaurio se tambaleó y cayó como una torre derrumbada.

—¡Bien! —exclamó Elena.

Ahora que no tenía que controlar al torvosaurio, Elena se lanzó a por uno de los concavenators. Antes de que el animal supiera lo que estaba pasando, ella cargó contra la articulación de una de sus patas y consiguió derribarlo. Después giró como un tornado, justo a tiempo de esquivar las enormes mandíbulas del otro concavenator.

—¡Te toca, Leo! —gritó, refugiándose tras el tronco de un árbol.

Leo estaba preparado. Se acercó al carnívoro y, aprovechando que se había agachado para intentar morder a Elena, lo golpeó en el hocico. El puñetazo fue tan fuerte que el dinosaurio cayó aturdido.

—Guau —dijo Carla, impresionada y asustada a partes iguales—. Lucas, ¿te falta mucho?

—Tres segundos, dos segundos, un segundo... ¡Ya está! —respondió él, orgulloso, mientras Trasto daba alegres saltitos a su alrededor—. ¡Arre, robotito!

En cuanto vio que la máquina funcionaba, Dani volvió junto al profesor. Lo levantó en el aire, lo subió a la plataforma y lo ató con un cinturón para que no se cayera.

—¡Ahora tenemos que trabajar juntos! —bramó—. ¡Leo, protege al profesor! ¡Carla, vigila que nada se nos eche encima por sorpresa! ¡Lucas, que el robot no se pare! Yo abriré la marcha. Y tú, Elena. —Elena estaba tan ansiosa que apenas le escuchaba. Se volvió hacia Dani con una sonrisa—. ¡A por ellos!

—¡JURÁSICO TOTAL! —gritaron todos a la vez.

Poco a poco, el hombre-raptor había conseguido volver a controlar a los depredadores. En cuanto los niños se dirigieron hacia la jungla, los carnívoros corrieron tras ellos para cerrarles el paso. Aún quedaban un concavenator, dos espinosaurios, tres utahraptores y los fastidiosos troodones, que no dejaban en paz a Trasto. Lucas derribó de un cabezazo a una pareja de los pequeños carnívoros, que se habían subido al lomo de la cría. El hueso de su coronilla se había reforzado, y el enorme cráneo le daba un aspecto muy gracioso.

—Pues sí que molan los poderes de los tricerátops —dijo, orgulloso, cogiendo a Trasto en brazos.

—¡No eres un tricerátops, eres un paquicefalosaurio! —le corrigió Leo, jadeando.

—¡Cuidado! —les advirtió Carla.

Un utahraptor se había acercado a ellos sigilosamente y estaba a punto de atacarlos. Carla se lanzó en picado y apartó al depredador de un empujón antes de que los chicos tuvieran tiempo de reaccionar.

—¡Lucas, céntrate! —lo regañó Leo.

Pero él también estaba distraído. Otro de los raptores apareció de la nada y trató de clavarle los dientes en la coraza que le protegía la espalda. Leo gruñó, y una furia irracional se apoderó de él. Se quitó al animal de encima, y descargó los puños contra su hocico. El utahraptor salió despedido varios metros y sus hermanos corrieron a socorrerlo.

Fue entonces cuando el joven y el jorobado despertaron.

—¡Esssstán huyendo! —gritó el líder.

—Losss... yajjaali... —murmuró el más joven.

—No podemosss perderlosss de nuevo —concluyó el jorobado, de rodillas, con las manos levantadas hacia el cielo.

El jorobado pronunció unas extrañas palabras en una lengua desconocida, como si estuviera pidiendo ayuda a sus dioses. O llamando a los soldados que aún quedaban en su ejército. Todas las criaturas frenaron a la vez para escuchar las palabras del hombre-raptor. De pronto, parecieron recuperar toda su ferocidad y concentración. Clavaron la vista en el grupo de niños que se adentraba en la jungla y se lanzaron a por ellos.

—¡Dani, deprisa! —gritó Elena.

—¡Ya voy, ya voy!

Los niños corrían, tropezaban, luchaban y volvían a correr. Detrás de ellos, los tres hombres-raptor los perseguían a toda velocidad, escoltados por los tres utahraptores y el resto de carnívoros.

Leo espantó a puñetazos a un par de troodones y pensó que parecían centauros, con patas de reptil en vez de caballo. Desde las alturas, Carla los vigilaba y se lanzaba en picado cada vez que alguno de ellos estaba en peligro. Bajaba, enganchaba con su fuerte pico un troodon que estuviera demasiado cerca y lo lanzaba tan lejos como podía. Lucas, inquieto, no paraba de cambiar de forma. A veces salía corriendo a toda velocidad, como un hipsilofodonte, para asegurarse de que no hubiera peligro al frente. Otras, reforzaba su cabeza y cargaba contra los carnívoros que amenazaran a sus compañeros, como un paquicefalosaurio. Mientras tanto, Dani iba despejando el camino, aplastando helechos y partiendo ramas para abrirles paso.

—¿Cuánto falta, Dani? —preguntó Leo entre resoplidos.

—¡Poco! —respondió él, señalando la cuesta que llevaba hasta a la cueva—. ¡Un último esfuerzo y estaremos a salvo!

Intentaron moverse más deprisa. Cada metro les quemaba en las piernas, en los pulmones. Los depredadores y los hombres-raptor estaban cada vez más cerca.

Nadie se dio cuenta de que Elena se estaba quedando atrás. No sabía por qué, pero a ella también le habían afectado las palabras del jorobado en aquel idioma desconocido. Era como si estuviera intentando entrar en su mente. Era incapaz de correr y resistirse a aquella voz que oía una y otra vez en su cabeza. Miró hacia atrás. Se desesperó al ver cada vez más cerca la vela de los espinosaurios, que cabalgaban hacia ellos apoyándose en las patas delanteras. Podía oír la respiración del concavenator a unas pocas decenas de metros de distancia. Los troodones la rodeaban por todas partes.

Tropezó con una raíz. Cayó al suelo.

Y ya no pudo levantarse.

Sus amigos ya casi habían llegado a lo alto del terraplén que llevaba a la cueva, cuando Lucas se dio cuenta de que faltaba su hermana. Dio media vuelta y la vio tirada entre los helechos.

Estaba rodeada.

—¡Elena! —Intentó volver a por ella, pero Dani lo sujetó con sus manazas—. ¡ELENA!

—¡Seguid vosotros! —gruñó ella, intentando levantarse—. ¡No paréis!

No podía ponerse en pie. Se había torcido un tobillo y ya no le quedaban fuerzas. A Elena le encantaba ganar, pero aquella vez lo tenía muy muy difícil.

La pata del líder de los hombres-raptor aplastó los helechos que tenía delante.

—Ni se te ocurra acercarte, lagartija —lo desafió ella.

El resto de carnívoros pasó de largo y se dirigió hacia la cueva, donde estaban sus amigos y su hermano. Pero el hombre-raptor sonrió y se inclinó hacia ella.

—Me gustasss —siseó mientras el joven y el jorobado se ponían a su lado—. Eresss valiente. Yo podría entrenarte. Seríasss una yajjilari magnífica. Entrégame tu yajjaali y te haré muy poderosssa.

El amuleto brillaba rojo sobre el pecho de Elena. Ella lo miró. Luego miró a los hombres-raptor. Se llevó la mano al diente, indecisa.

—¡NO! —gritó Lucas. Trasto gemía en sus brazos—. ¡Solo quiere engañarte!

—¡Lucas, cuidado! —gritó Leo.

Leo protegió a Lucas con su cuerpo cuando una manada de troodones se le echó encima. Sabía que no podrían hacer nada contra la dura coraza de su espalda, pero una de las criaturas le hundió los dientes en un brazo. Leo lo aplastó contra el suelo y alejó a los otros, furioso. Después, intentó empujar a su amigo hacia la cueva, pero este clavó los pies en el suelo, testarudo.

—¡NO! ¡De aquí no nos vamos sin Elena!

Leo dudó.

—¡No podemos contra ellos! —gritó Dani, ya en la entrada—. Tenemos que volver a nuestro mundo y cerrar el portal.

Los carnívoros ya estaban muy cerca. Leo intentó empujar de nuevo a Lucas, pero él echó la cabeza hacia atrás, como si fuera a darle un cabezazo.

—¡¡¡APARTA!!! —le advirtió.

—¿No te das cuenta? ¡Los dinosaurios no pueden salir de Pangea! —respondió Leo, desesperado—. ¡Sería el fin de nuestro mundo!

—¡No, no, no! Hemos vuelto a por el profesor —gritó Lucas, señalando el robot—. ¡No podemos dejar aquí a mi hermana!

Una lágrima resbaló por la mejilla de Elena. Estaba orgullosa de su mellizo, pero nunca se lo había dicho. Había muchas cosas que nunca le había dicho. Que le quería, que le admiraba. Que, si era tan dura con él, era porque no quería que le hicieran daño. Y ahora resultaba que ella iba a hacerle más daño que nadie. Iba a dejarle solo para siempre. Cerró los dedos alrededor del colgante.

Los hombres-raptor la rodearon como buitres mientras susurraban palabras incomprensibles en su extraño idioma. Pero sus labios no se movían. Elena se dio cuenta de que susurraban dentro de su cabeza. Querían el amuleto, era lo que más deseaban en el mundo. Quizá el líder había sido sincero. Tal vez dejasen que se uniera a ellos y la enseñaran a usar sus poderes.

Justo cuando extendía la mano para entregarles el diente, notó que algo la levantaba del suelo.

—¡Ssse essscapa!

Los hombres-raptor estiraron los brazos, saltaron hacia el cielo, rugieron. Pero no pudieron alcanzarla. Carla la tenía bien agarrada y aleteaba con todas sus fuerzas, tirando de ella para subirla a lo alto del terraplén.

—¿Pesas tanto porque eres medio dinosaurio? —se quejó Carla—. ¿O es que los que jugáis al rugby desayunáis piedras?

Elena nunca imaginó que se alegraría tanto de ver a Carla. No dejó de reírse a carcajadas mientras su amiga subía hacia el cielo y la dejaba con cuidado junto a la entrada de la cueva. Cuando por fin aterrizó junto al resto del equipo, Lucas se le tiró al cuello y la abrazó con todas sus fuerzas.

—¡Gracias, gracias, gracias! —repetía, mirando a Carla con ojos agradecidos y llenos de lágrimas.

Elena le devolvió el abrazo y le guiñó un ojo a su amiga.

—Si no es por ti, no lo cuento. Gracias, pija.

—No hay de qué, bruta —asintió Carla, agotada.

El rugido de rabia de los hombres-raptor les hizo volver a la realidad.

—¡Ya están aquí! —gritó Dani—. ¡Vamos!

Elena no podía moverse, así que Carla levantó el vuelo, volvió a agarrarla de los hombros y entró en la cueva lo más deprisa que pudo. Lucas y Trasto las siguieron corriendo junto al robot que llevaba al profesor. Dani dio dos pasos hacia el interior, pero se detuvo al ver que Leo no se movía.

—Dani, tienes que derribar la entrada —pidió su amigo.

—Pero... tu tía...

—Mi tía entró en Pangea desde la otra punta del planeta. Encontraremos otro portal, estoy seguro. —Miró a Dani, decidido—. Pero ellos han descubierto este túnel. Es demasiado peligroso dejarlo abierto.

Dani dudó.

—¡Rápido!

Y, aunque el concepto de rapidez de Dani era muy relativo, esta vez consiguió ser rápido de verdad. Tanto, que a Leo casi no le dio tiempo a entrar en la cueva antes de que el gigante golpeara con sus puños el arco de la entrada. Las paredes de roca se agrietaron. Dani dio un fuerte pisotón en el suelo, y empezaron a caer trozos de piedra del techo.

—¡Corred! —les gritó Leo a sus amigos.

Miró hacia atrás y vio que el alargado morro de los espinosaurios ya asomaba por el túnel. Una roca enorme cayó de las alturas y se estrelló contra la vela de sus lomos, aplastándolos. El concavenator tropezó con ellos y quedó enterrado bajo una de las paredes de la cueva, que se desplomaban en ese momento. Los troodones y los utahraptores que venían detrás quedaron atrapados por el derrumbe.

Pero el líder de los hombres-raptor sí consiguió entrar en el túnel.

—¿Falta mucho? —preguntó Leo, a gritos. Se había subido al robot y protegía al profesor con su cuerpo. Las rocas rebotaban contra su espalda acorazada—. ¿Dónde está el final del túnel?

—¡Espero que cerca, porque yo ya no puedo más! —gritó Carla, que se estaba quedando cada vez más atrás por el peso de Elena.

—¡Ya eresss mía, yajjilari! —siseó el hombre-raptor, apareciendo justo detrás.

Elena podía notarlo revolviendo en su mente.

—¡Carla, por favor, date prisa! —suplicó.

Pero Carla estaba agotada. Elena no quería mirar atrás, pero supo que perdían altura, y el líder estaba muy cerca. Sentía su aliento en la nuca, sus dientes chasqueando furiosos.

—¡No toques a mi hermana!

Lucas frenó, giró en redondo y embistió con su cabeza reforzada. El hombre-raptor rebotó contra la pared y cayó al suelo. Lo último que Lucas vio antes de transformarse en hipsilofonte y echar a correr de nuevo fue su mirada de odio. Después, un enorme trozo de piedra se desprendió del techo, y la criatura desapareció de su vista.

—¡Yajjaali! —oyó que gritaba, como si tuviera la garganta llena de agua.

Elena miró hacia atrás. Vio que la cueva se venía abajo. Vio a sus amigos. Vio a su hermano, que acaba de protegerla, y se sintió más orgullosa que nunca. Y, luego, no vio más. Solo relámpagos y oscuridad. Cuando comprendió que habían llegado a casa, sintió tal alivio que perdió el conocimiento.

Los niños salieron a la excavación como si la cueva los hubiera escupido. Con sus últimas energías, Leo, Dani y Lucas cerraron la puerta y la disimularon con tierra, igual que la primera vez. Después se arrastraron, agotados, lejos del yacimiento.

Carla dejó a Elena en el suelo y se tumbó en la hierba con un suspiro.

—¡Césped de verdad! ¡Ni helechos, ni jungla asquerosa, ni monstruos! —dijo.

Y se desmayó.

—Eso lo dice porque no te ha visto —rio Lucas, abrazando a Trasto. La cría le dio un golpe con la cabeza, ofendida—. Sí, sí, es verdad. Tú no eres ningún monstruo.

Un segundo después, él también se había desmayado. Dani miró a su amigo, pensó que había sido muy mala idea traer a la cría de tricerátops y, antes de poder quejarse, se durmió.

Leo pulsó un botón en el robot de expediciones para que doblara las patas. Cuando el profesor estuvo a salvo, también se tumbó sobre la hierba. Miró

hacia arriba, luchando por mantener los ojos abiertos, y el brillo de las estrellas lo asombró.

Había vuelto a olvidar cuántas había en el cielo.

Justo antes de caer en un profundo sueño, se preguntó si su tía, en Pangea, también podría verlas.

Capítulo 16

JURÁSICO TOTAL

Leo andaba por el pasillo del hospital arrastrando los pies y con la cabeza baja. La luz de los fluorescentes le hacía daño en los ojos y le daba dolor de cabeza.

—Oye, ¿te encuentras bien? —le preguntó Lucas, caminando a su lado con una ligera cojera.

—Sí, no te preocupes —contestó.

—Estás un poco pálido —insistió Carla.

La más estilosa del equipo se había cubierto los arañazos de los brazos y las manos con tiritas de colores pastel que le combinaban con la ropa.

—Sí, tienes cara de haber visto un fantasma —refunfuñó Elena, rascándose con fuerza una venda que tenía en el muslo. Y, susurrando, añadió—: Disimula, frikisaurio.

—No te pases con él —dijo Dani, intentando estirar el cuello dentro del collarín—. Ninguno nos hemos recuperado todavía de nuestra salida de campo.

«Salida de campo.»

Como no habían terminado el trabajo que tenían de castigo, el profesor Arén había decidido llevarles a una salida de campo por las excavaciones de Zoic. Los niños se habían colado en un túnel sin asegurar, aprovechando un despiste del profesor, y habían tropezado con unos andamios. El túnel se derrumbó. El profesor consiguió sacarlos a tiempo, pero quedó malherido. Ellos también habían sufrido lesiones, aunque no eran graves. El profesor Arén todavía seguía ingresado en el hospital.

Esa era la historia que se habían inventado para explicar lo ocurrido.

La misma que habían repetido una y otra vez. A los médicos, a sus compañeros, a los profesores. Al director del Colegio Iris, que era el que ahora los guiaba por los pasillos del hospital.

—Espero que esta visita os haga reflexionar sobre las consecuencias de vuestros actos —les dijo, severo—. El profesor se encuentra en este estado por vuestra imprudencia y vuestra irresponsabilidad.

237

Elena cerró los puños, furiosa. Era la que peor llevaba que todo el mundo les culpara del accidente del
profesor, cuando en realidad habían arriesgado su
vida para salvarlo. Antes de que pudiera protestar,
Lucas le apretó la mano.

—Sentimos mucho lo que ha pasado —se disculpó
por todos el vozarrón de Dani—. Por eso queríamos venir: para asegurarnos de que está bien.

—No está bien —respondió el director, abriendo la
puerta de una habitación. Dentro, el profesor estaba
tumbado en una camilla. Tenía los ojos cerrados y estaba conectado a máquinas que pitaban y tubos que res-
piraban por él. Al ver las caras de susto de los niños, el
director añadió—: Pero lo estará. Los médicos dicen que
ya ha pasado lo peor y está fuera de peligro. Tardará
varias semanas en recuperarse, pero saldrá de esta.

Leo fue el primero en acercarse a la camilla. Tocó la
mano del profesor y le pareció que Aldo respondía con
un movimiento.

—¿Puede escucharnos? —preguntó.

—Está inconsciente. No creo que os responda —les
avisó el director—. Pero puedo dejaros un momento a
solas si queréis... disculparos.

El director salió de la habitación y los niños se quedaron dentro, sin saber muy bien qué hacer o decir.

Dani acercó una silla para que Leo pudiera sentarse junto a la camilla. Carla se acercó por el otro lado, y cubrió la mano libre del profesor con las suyas, llenas de tiritas de colores.

—Gracias, profesor —dijo, con un hilo de voz—. Si no fuera por usted, yo no estaría aquí.

—Y, si no fuera por nosotros, él tampoco —insistió Elena.

—Ya vale —le pidió Lucas.

—No, no vale. No sé si os acordáis, pero todavía tenemos que volver a ese mundo loco para rescatar a alguien —les recordó ella, mirando a Leo. Luego clavó los ojos en su hermano—: Y para devolver algo.

—¡Ya vale, Elena! ¡Me tienes frito! —se quejó Lucas, levantando los brazos al cielo—. Me traje a Trasto sin querer. ¿Qué querías que hiciera, que lo dejara en la cueva para que lo aplastara una roca?

—¿Dónde tienes escondido al monstruito? —preguntó Carla, curiosa. Y luego, para que nadie pudiera acusarla de haberle cogido cariño al tricerátops, añadió—: Para no acercarme por allí, más que nada.

—Le hemos hecho una caseta detrás del laboratorio de Zoic —respondió Dani—. Leo, Lucas y yo nos turnamos para darle de comer y comprobar que está bien.

—¿Y si le da por escaparse? —preguntó Carla, preocupada.

240

—Le he puesto un chip rastreador, como el que llevan los robots del profesor Arén. Así, si se pierde, podremos encontrarlo —contestó Lucas—. Pero Trasto no va a escaparse. Es un dinosaurio muy bueno, siempre me obedece.

—¿Cuando no llevas el diente también? —le chinchó Elena, acariciando el que le colgaba del cuello.

No habían vuelto a encenderlos desde que habían regresado de Pangea, pero tampoco se los habían quitado. Cada vez que lo hacían, sentían como si les faltara algo.

Leo acarició el suyo, pensativo. Al hablar de Trasto todos habían sonreído (o puesto una falsa mueca de asco, en el caso de Carla), pero él no había podido evitar que los ojos se le llenasen de lágrimas.

—Eh, Leo, no te preocupes. —Dani le apoyó una mano en el hombro—. Ya has oído al director: el profesor se pondrá bien.

—Sí, lo sé —contestó él, secándose los ojos con el puño de la sudadera—. Estaba pensando en mi tía. ¿Creéis que seguirá viva?

Dani fue a responder, pero Elena se le adelantó.

—Claro que sí —dijo. Y, aunque era la que más lo había dudado al principio, ahora parecía sincera—. Tiene tus genes, y tú has demostrado ser un tipo duro. Seguro

241

que ella también lo es. Además, ¿quién mejor para sobrevivir en Pangea que una experta en lagartijas?

Leo sonrió.

—Cuando el profesor Arén se encuentre bien, nos ayudará a buscarla —le aseguró Carla.

—Eso, profesor —dijo Lucas, dirigiéndose directamente a él. Se descolgó la mochila del hombro y rebuscó algo en el interior—. Tiene que despertar pronto, porque se le está empezando a acumular trabajo.

Sacó un grueso taco de hojas, encuadernadas con una espiral metálica, y lo dejó sobre la mesilla. En la portada había un dibujo de un terópodo, un saurópodo, un cerápodo, un tireóforo y un pterosaurio. El título del trabajo decía: «Descripción de cinco órdenes de saurios prehistóricos». Y, debajo, dos palabras escritas en rojo y mayúsculas: JURÁSICO TOTAL.

El cuerpo del profesor Arén ya no estaba en la cueva de los terópodos, pero su mente seguía allí. El olor a podrido del azufre se colaba en su nariz. La piedra caliente del huevo le quemaba la piel. Su brillo rojo le cegaba la vista.

Necesitaba salir de allí, tenía que escapar. Abrir los ojos y recuperar el control de su cuerpo.

—Desssspertarásss cuando juresss traernosss lo que necesssitamos —siseaba una voz en la oscuridad de su cabeza.

Era la misma voz que lo había torturado en aquel mundo extraño.

—Los niños no quieren entregarlos.

—Oblígalosss.

—No puedo, son suyos.

—¡No esss cierto! ¡Ssson indignosss! ¡Losss dientesss nosss pertenecen!

—Los han elegido. Ahora ellos son los centinelas.

—¡Ellosss no pueden ssser los yajjilarii! ¡Y tú no desssspertarásss hasssta que no hagasss tu juramento! —amenazó la voz.

De nuevo sintió que el huevo le quemaba la piel y le cegaba la vista. La mente del profesor Arén se retorció y luchó hasta que no pudo más.

—¡Ya basta, os lo ruego! Juro traer los dientes de vuelta. Haré lo que sea necesario.

—Asssí me gusssta —dijo la voz.

Y en la mente de Osvaldo Arén, de repente, se hizo la paz.

***

Los niños se despidieron del profesor y salieron de la habitación. Leo lo miró en silencio durante unos segundos.

—No me dejes solo, Aldo —le pidió en voz baja, apretando su mano por última vez.

Luego se apartó de la camilla y salió de la habitación.

El profesor Arén abrió los ojos y vio que Leo se alejaba por el pasillo.

Sus pupilas eran alargadas.

Como las de un reptil.

EPÍLOGO

El pequeño hipsilofodonte corría entre los helechos, a la sombra de las araucarias. Tenía casi tanta sed como prisa. En su carrera hacia el lago se le unieron una hembra y un macho con los que compartió la noticia. Él habría preferido no llamar la atención de los depredadores, pero sus compañeros se pusieron tan nerviosos que no pararon de chillar hasta que llegaron al borde del agua.

El parasaurolophus que estaba allí bebiendo casi se atragantó al escucharlos. No pudo evitar que de su cresta surgiera una llamada de sorpresa que alertó a toda su manada. Un espinosaurio que acechaba a los ornitópodos ignoró los rugidos de hambre de su estómago y se zambulló de cabeza en el lago. Abrió su largo hocico y atrapó todos los peces que pudo. Iba a necesitar energía para llegar a la guarida del enorme mosasaurio.

El gigante del lago paseaba sus diecisiete metros de longitud por la zona más profunda del agua. El espinosaurio se mantuvo a una distancia segura y le transmitió la noticia con un burbujeo. El mosasaurio giró la cabeza y meneó sus aletas para indicar que había recibido el mensaje, y el espinosaurio volvió nadando a la superficie a toda velocidad.

Cuando el mosasaurio comprendió lo que aquello significaba, lanzó un rugido tan fuerte que todas las criaturas del lago lo notaron vibrar en su interior. Un plesiosaurio que estaba cerca de la costa se impulsó con las aletas lo más rápido que pudo. Nadó y nadó hasta llegar a un archipiélago formado por pequeños islotes. La urgencia del mensaje lo ayudó a recorrer en horas una distancia que normalmente le habría llevado días. Después, salió del agua, impulsándose con las aletas delanteras por el acantilado. Y, cuando el mensaje terminó de recorrer su larguísimo cuello, abrió el hocico y bramó.

La joven de cabello rizado y piel morena que estaba tumbada en las rocas se levantó de un salto. Vio el

cuello del animal asomando del agua, se lanzó de cabeza a las olas y nadó hasta él. El plesiosaurio bajó el cuello en señal de respeto y ofreció la cabeza para que se la acariciara.

—¿Estás seguro, Ahunil?

El plesiosaurio respondió repitiendo el mismo sonido.

La chica se llevó la mano al colmillo que llevaba colgado del cuello. Brillaba de color azul intenso. Y había empezado a palpitar.

—Los yajjilarii han despertado —dijo—. Tengo que encontrarlos.

Y, abrazándose al cuello de la criatura, le ordenó que se sumergiera en el mar.

AGRADECIMIENTOS

FRANCESC:

¡Es toda una experiencia esto de escribir un libro! ¡Y sobre dinosaurios! ¿Qué más puedo pedir? Este proyecto no habría visto la luz sin la ayuda de mucha gente. Y es que en esta vida el trabajo en equipo nos lleva más lejos que trabajar solos.

Primero, sería injusto no agradecer a mis padres su apoyo incondicional. Siempre me apoyaron en esto de querer ser paleontólogo, y sin ellos no habría llegado a dedicarme a los dinosaurios. En segundo lugar, he de agradecer a Javi su propuesta inicial de escribir un libro con dinosaurios. En esas primeras reuniones aprendí mucho acerca de cómo escribir historias. En esta aventura editorial la ayuda de Laia, Olga y Marta ha sido crucial, guiándome en un territorio hasta ahora desconocido.

Un trabajo como escribir un libro necesita de mucho apoyo en casa. Soy muy afortunado de tener gente maravillosa a mi alrededor, que han sido testigos del nacimiento de Jurásico Total. Gracias, Iñaki, Mikel, Brais, Manu, Jorge, Alom, Aarón, Ginés y todos los que me soportáis a diario. Y, cómo no, gracias a mi propio equipo Jurásico (aunque muchos somos más bien Cretácicos) por ser unos compañeros maravillosos y unos científicos ejemplares. Dani, Elena, Carlos, Adán, Soriano, Patxi, Alex, Páramo, Ane... ¡Y mis Scenios!

Por último, he reservado un espacio especial para mis cómplices en esta locura. Gracias, Sara, porque trabajar a tu lado es un placer y una risa continua. Gracias, Nacho, porque tus dibujos han dado vida a esta aventura de una manera inmejorable.

¡Y a ti, que estás leyendo esto, gracias por acompañarnos en esta gran aventura!

SARA:

Si has llegado hasta aquí, ya sabes que este libro trata sobre un viaje a un mundo en el que los dinosaurios nunca se extinguieron. Pero te voy a contar algo que todavía no sabes: lo que tienes en las manos es mucho más que un libro. Y más que un viaje. Lo que tienes en las manos es un yacimiento que todavía oculta muchísimos secretos.

Lo sé de buena tinta porque he sido una de las personas que se han dedicado a enterrarlos. Pero no lo he hecho sola, sino acompañada de un equipo compuesto por los mejores expertos de Zoic, a los que me gustaría dar las gracias.

En primer lugar, a todo el equipo editorial de Alfaguara: a Laia, que confía en mí en este universo y en todas sus realidades paralelas; a Olga y sus atentas lecturas; a Marta y sus sabios consejos; y a Laura y su aguda vista de raptora, que controla que todo esté en su sitio.

Gracias a Francesc, mi paleontólogo de cabecera, mi fuente inagotable de GIFs (la mejor medicina contra el agobio), que lo hace todo con fundamento científico, pero que sabe darse a la fantasía cuando se me ocurre que podríamos comparar a algún dinosaurio con una nutria y un cocodrilo... al mismo tiempo. Estoy deseando que volvamos a cruzar juntos el portal hacia otro libro.

Gracias a Nacho y su lápiz, que ha sabido sacar lo mejor de los personajes y de todo lo que ha salido de nuestras cabecitas, aunque los tiempos fueran de otro mundo.

Gracias totales a Jesús, que tiene la paciencia de saurópodo que a mí me falta, una cabezonería de tireóforo de la que siempre salen las ideas más sólidas; el arrojo del terópodo cuando apuesta por las posibilidades más arriesgadas; infinitos recursos de cerápodo para resolver problemas en los que yo me atasco y una altitud de miras de pterosaurio que me ayuda a ver las cosas desde perspectivas que a mí no se me habrían ocurrido. Eres el terremoto que sacude Pangea y que hace que los dinosaurios cobren vida. Confío en ti para que sigas guiándome en todas mis expediciones. Eres el mejor compañero.

Pero sobre todo gracias a ti, que tienes este libro, este viaje, este fósil asombroso en las manos. Si tienes paciencia y espíritu de paleontólogo, te prometo que, libro a libro, podrás ir excavando todos los misterios que hemos ido enterrando en este yacimiento para ti.

Palabra de exploradora.

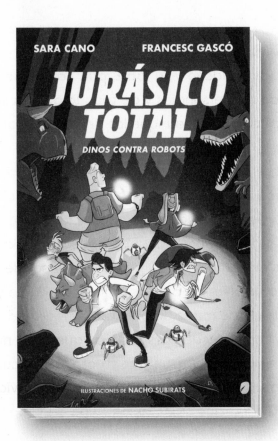

SARA CANO   FRANCESC GASCÓ

JURÁSICO TOTAL

DINOS CONTRA ROBOTS

ILUSTRACIONES DE NACHO SUBIRATS

¿TE HAS QUEDADO CON GANAS DE MÁS?

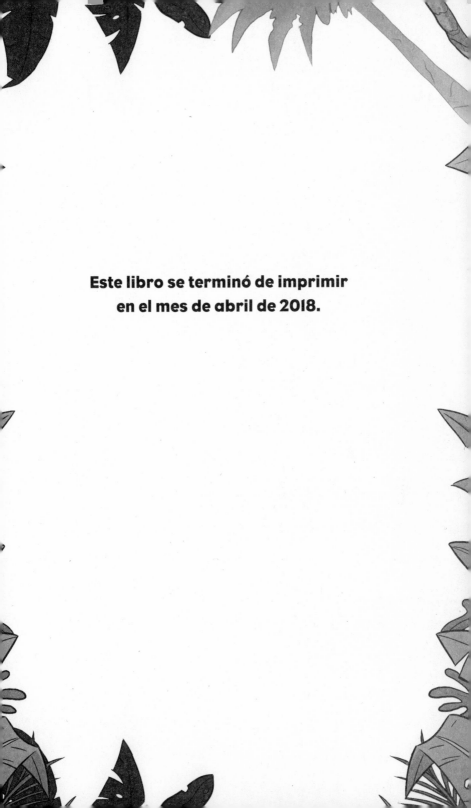

Este libro se terminó de imprimir
en el mes de abril de 2018.